Ee.66.

ex dono authoris

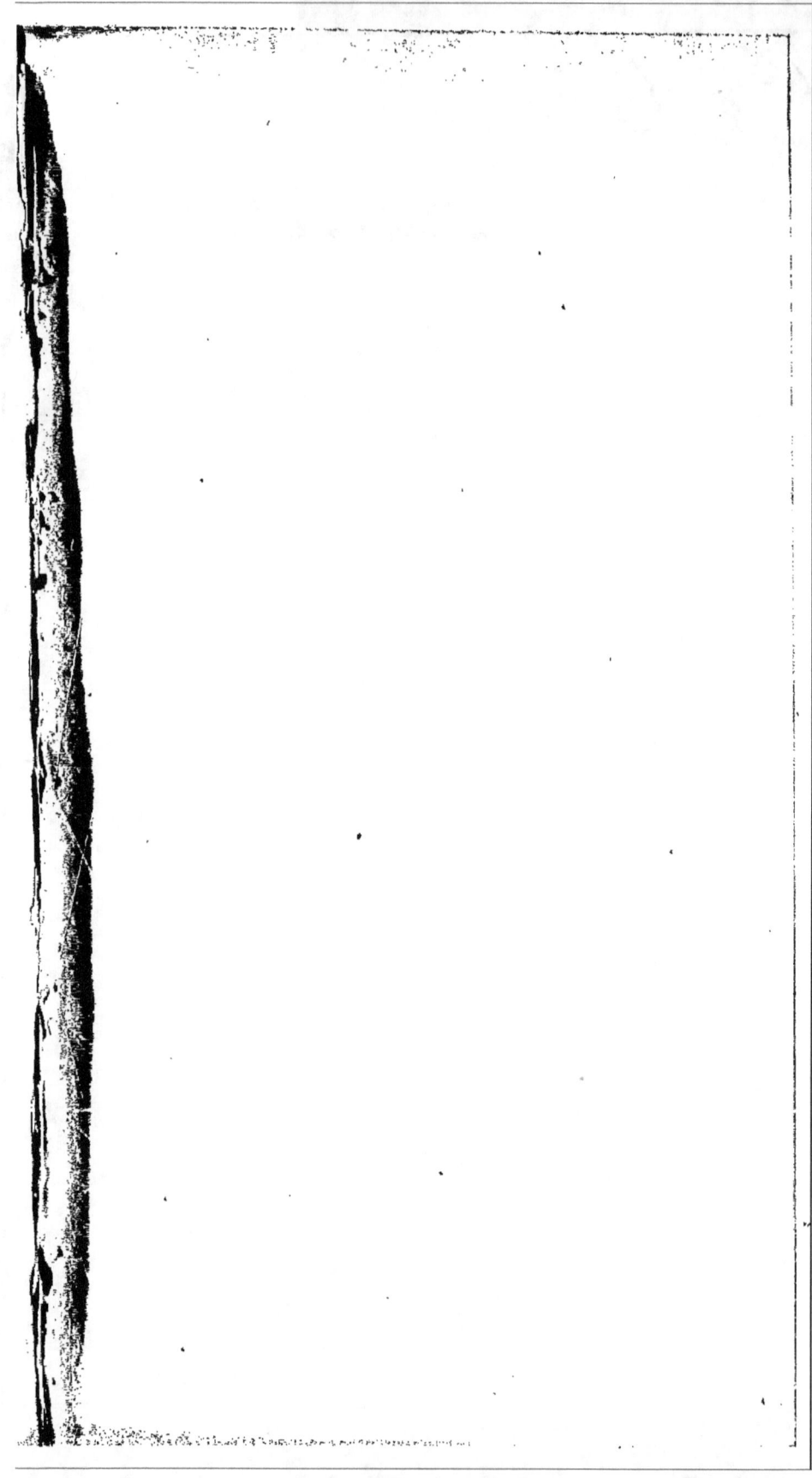

$Z_1 + 997.$

$+A - 3.$

$Z$ $14487$

# L'ESPION

## DU
## GRAND-SEIGNEUR

### ET

## SES RELATIONS SECRETES
### ENVOYE'ES
## AU DIVAN
### DE CONSTANTINOPLE,
#### DE'COUVERTES A PARIS
##### PENDANT LE REGNE
## DE LOUIS LE GRAND.

*Traduites de l'Arabe en Italien*
Par le Sieur JEAN-PAUL MARANA,

*Et de l'Italien en François.*

Ces Relations contiennent les Evenemens les plus
considerables de la Chrestienté & de France,
depuis l'année 1638. jusques en l'année 1682.

## TOME TROISIE'ME.

❧❀❧

## A PARIS,

Chez CLAUDE BARBIN,
sur le second Perron de la sainte Chapelle.

M. DC. LXXXVI.
AVEC PRIVILEGE DV ROY.

# TABLE

## DES LETTRES

### ET DES MATIERES

contenuës en cette
troisiéme Partie.

---

## LETTRE LI.

*A Muſlu Reis Effendi.*

*III. Partie.*           ã ij

# TABLE.
## LETTRE LII.

## LETTRE LIII.

# TABLE.
## LETTRE LIV.

## LETTRE LV.

## LETTRE LVI.

ã iij

# TABLE.

# TABLE.

ã iiij

# TABLE.

# TABLE.

# TABLE.

# TABLE.

*Fin de la Table.*

## Extrait du Privilege du Roy.

PAR Grace & Privilege du Roy, donné à Versailles le 19. jour de Novembre l'an de Grace mil six cens quatre-vingt-trois, signé par le Roy en son Conseil D'ALENCE. Il est permis au sieur JEAN-PAUL MARANA, de faire imprimer un Livre intitulé L'ESPION TVRC en deux Langues, Italienne & Françoise, traduit de l'Arabe, pendant le temps de six années consecutives, à compter du jour qu'il aura esté achevé d'imprimer pour la premiere fois; & défences sont faites à tous Imprimeurs, Libraires, & autres, d'imprimer, vendre & debiter ledit Livre, sous quelque pretexte que ce soit, sans le consentement dudit sieur MARANA, sur peine d'amende arbitraire, confiscation des Exemplaires contrefaits, & de tous dépens dommages & interests, comme il est plus amplement porté par lesdites Lettres de Privilege.

Et ledit sieur MARANA a cedé & transporté son Privilege à CLAUDE BARBIN Marchand Libraire, pour en joüir suivant l'accord fait entre eux.

*Regiftré fur le Livre de la Communauté des Marchands Libraires & imprimeurs de Paris, le 29. Novembre 1683.*
    Signé C. ANGOT, Syndic.

Achevé d'imprimer pour la premiere fois, le quatorze Aouft 1686.

LETTRE

# LETTRE

## LXIX.

### A

## DGNET OGLOU.

L y a long-temps que la belle Grecque dont tu me demandes desnouvelles avec tant d'empreſſement s'eſt retirée en France, & il y a environ 80. Lunes qu'elle s'eſt mariée avec un grand nego-

*III. Partie.*       A

ciant François que je ne conhois point, qu'on m'a asseuré estre fort riche & fort heureux dans les affaires qu'il entreprend ; mais il est encore plus heureux d'estre le mary de Daria Lena Maani, dont il a de beaux enfans.

Cette belle Grecque fait presentement profession de la Religion Romaine, qui est le seul défaut que je luy ay trouvé ; je n'ay jamais connu de femme dont les manieres soient plus honnestes, qui remplisse tous ses devoirs avec plus d'exactitude, & dont la vertu soit moins farouche ; le hazard me fit avoir quelque commerce avec elle en luy découvrant que j'estois Arabe, & le hazard encore fit que j'en

devins amoureux. Elle arriva
l'an passé à Paris, où elle vint
avec la procuration de son
mary, solliciter un procez contre un Etranger, pour une suc-
cession, & ce procez devoit
estre jugé devant le Roy. Ce
fut à la Cour & en la presence
du Roy mesme que je vis la
premiere fois Darie, elle
luy parla avec tant de grace
qu'elle en obtint aussi-tost ce
qu'elle souhaitoit : & dans le
même instant je sentis naistre
dans mon ame un secret desir
d'en obtenir.... Je t'avoüe le
vrai, mon cher Dgnet, jamais
les yeux d'une belle personne,
n'ont fait une si forte impres-
sion dans le cœur d'un homme, que celle que cette admirable Grecque fit dans le mien.

Je m'en approchay auſſi-
toſt que je le pûs, je luy par-
lay en ſa langue, & elle me
répondit avec beaucoup de
modeſtie, j'alay le jour ſui-
vant luy rendre une viſite en
ſa maiſon, où cette perſonne a-
dorable me receut avec beaucoup de civilité, & ne me dé-
fendit point d'y retourner,
n'eſtant peut-eſtre pas fâchée
de trouver icy quelqu'un qui
parlaſt ſon langage, qui n'eſt
entendu de preſque perſonne.

Depuis ce temps-là je l'ay
toûjours aymée, je l'ay ſervie
avec beaucoup d'aſſiduité, &
je l'aimay d'abord ſi éperduë-
ment que je ne me ſouvins
plus de moy-meſme, que je
t'oubliay, & qu'il s'en falut
peu que je n'oubliaſſe auſſi le

grand Seigneur. Pardonne
cette infiedlité en faveur d'une
paſſion, dont la force ne peut
eſtre moderée, je n'ay pû combattre un amour ſi violent
qu'en me laiſſant vaincre par
un ennemi qui ſera toûjours
invincible.

Darie eſt une jeune perſonne dont le cœur eſt noble, &
dont les manieres ſont agreables : ſa vertu eſt fort au deſſus
de celle Lucrece ; cette Romaine ſe tua aprés avoir éprouvé les violences d'un homme,
& celle-cy ſe donneroit la
mort pour s'empêcher de venir à une telle épreuve. Situ l'as
veuë à Conſtantinople tu dois
en avoir connu toutes les perfections, pour moy qui ne l'ay
connuë qu'à Paris, j'ay re-
A iij

marqué quatre beautez dans
fa perfonne qu'on ne trouvera
peut-eftre pas dans aucune de
ces Dames qu'on garde dans
le Serail de l'Empereur. Ses
yeux, fa bouche, fes dents &
fes mains paroiffent n'avoir
efté faits que pour fournir des
armes à l'amour. Elle eft feure
de fraper où elle veut avec fes
beaux yeux noirs, & pleins de
feu, & elle a quand elle veut
auffi, le fecret de guerir les
bleffures qu'elle fait. Si toft
qu'elle ouvre la bouche on
croit voir les trois graces fur
fon vifage, & fon corps eft
d'ailleurs fi proportionné dans
toutes fes parties, que fi elle
avoit vêcu du temps de Fi-
dias, il l'auroit fans doute pri-
fe pour modelle de cette Ve-

nus qui a fait l'admiration de tous les siecles.

J'ay veu cette belle Grecque fort assiduëment, je l'ay aimée avec idolatrie, mon respect a toûjours esté égal à sa vertu, & la plus grande faveur que j'en aye obtenuë a esté de souffrir que je luy parlasse ainsi ; je vous aime Darie, Darie je vous adore ; mais elle n'a jamais voulu souffrir la moindre expression qui pût luy faire entendre autre chose.

Cette beauté incomparable me disoit souvent Mahmut j'ay beaucoup de consideration pour toy parce que tu es discret, & que tu as de la vertu, & j'aurois aussi de l'amour si tu n'estois point homme,

A iiij

continuë à vivre comme tu as
fait,& tu m'obligeras à te con-
siderer encore davantage;mais
ne pense pas obtenir de Dame
qu'une aff ction innocente ,
je dois tout à mon mari , &
je ne seray jamais infidelle.
Si je me suis quelque fois ha-
zardé d'en arracher quelque
legere faveur ç'a esté vainement, elle m'a toûjours re-
poussé , mais d'une maniere
qui me faisoit en même-temps
perdre toute esperance,& sentir un nouvel accroissement à
ma passion.Pense chere Oglou
ce qui se passoit alors dans mon
cœur, & quelle sorte de guerre j'avois à soûtenir.

Dans mes grandes inquie-
tudes , & au fort des peines
les plus cruelles que je souf-

frifle la Philofophie ne me fournifloit d'autre fecours que la patience, elle me propofoit des exemples de l'eftime que les Anciens faifoient de la pudicité; mais elle ne m'empêchoit point de me fouvenir auffi que nous voyons dans l'hiftoire prefque tous les Philofophes plus emportez dans les plaifirs de Venus, qu'ils n'êtoient retenus par les preceptes de la fageffe; Diogene & Ariftote n'en devinrent-ils pas fols? Et Seneque dont la morale fert de regle aux plus fages, ne fut-il pas chafle de Rome pour adultere? Je t'avoüe que les preceptes de la Philofophie n'ont pas eu affez de pouvoir fur moy, je m'en fuis mocqué; enfin je me fuis refo-

lu d'aimer, & d'aimer plus
tendrement que tous les Philofophes enfemble : la douce
feverité de Darie m'a impôfé
des loix plus puiffantes que
tous les Dogmes des Stoï-
ciens, & rien n'a le pouvoir
de me faire changer la refolution où je fuis de l'aimer éternellement. S'il eft vray que
l'amour foit une foibleffe, il
n'y a que les hommes qui ont
un cœur noble qui y foient fujets, & il eft certain que les
petites gens ne fçavent point
aimer, parce qu'ils n'ont point
pour ainfi dire de cœur ; la nature a une origine bien plus
relevée que la raifon : l'une eft
eft l'ouvrage d'un Dieu, & l'autre vient de l'homme. Ceffe
donc de t'eftonner, fi la raifon

est si souvent obligée de ceder à la nature. Darie eut envie de sçavoir la langue Italienne, qu'elle creut plus belle
que les autres, je luy en appris
beaucoup en peu de temps ;
mais ses affaires enleverent
bien - tost à un maistre malheureux, la plus parfaite de
toutes les Ecolieres. Elle me
dit une fois Mahmut ayons
une amitié tendre l'un pour
l'autre ; mais aimons la vertu
plus que nostre amitié; montre
moy l'histoire, & enseigne
moy aussi la Geographie afin
que connoissant les Royau-
mes, les Provinces, les villes, & ceux qui les gouver-
nent, je puisse sçavoir en
combien de parties, cette
terre qui parroist si belle est

divisée. Il est desormais temps
que j'apprenne les forces, la
maniere de gouverner, les
mœurs, & la Religion des Nations, la difference des mers
& des montagnes, des rivieres, & des lacs, de la terre ferme, & des Isles, des lieux ha-
bitez, & de ces vastes solitudes
dont j'entends parler, & que
je m'empêche de confondre
les Nations Barbares avec celles qui sont civilisées; & les
Republiques, avec les Monarchies.

Mon cher Dgnet une in-
clination si noble jointe à une
grace singuliere, & accompagnée de tant de belles qualitez
corporelles, aussi bien que de
celles de l'esprit, ont reduit le
pauvre Mahmut à un esclava-

ge encore plus rigoureux que celuy qu'il a fouffert avec toy en Sicile. Combien de nuits ay-je paffé dans des inquietudes horribles, & combien de fois ay-je cru vainement eftre avec Darie, que je cherchois dans ma chambre, quand le fommeil fuccedant à de longues veilles, me la reprefentoit en fonge plus complaifante qu'à l'ordinaire. Darie enfin m'occupoit tellement que j'avois abandonné mes livres, je fuyois auffi la converfation de mes amis, elle faifoit feule tous mes plaifirs, & j'avois renoncé à toute autre forte de divertiffemens, les Dames les plus belles m'ennuyoient, les jardins les plus delicieux me paroiffoient de

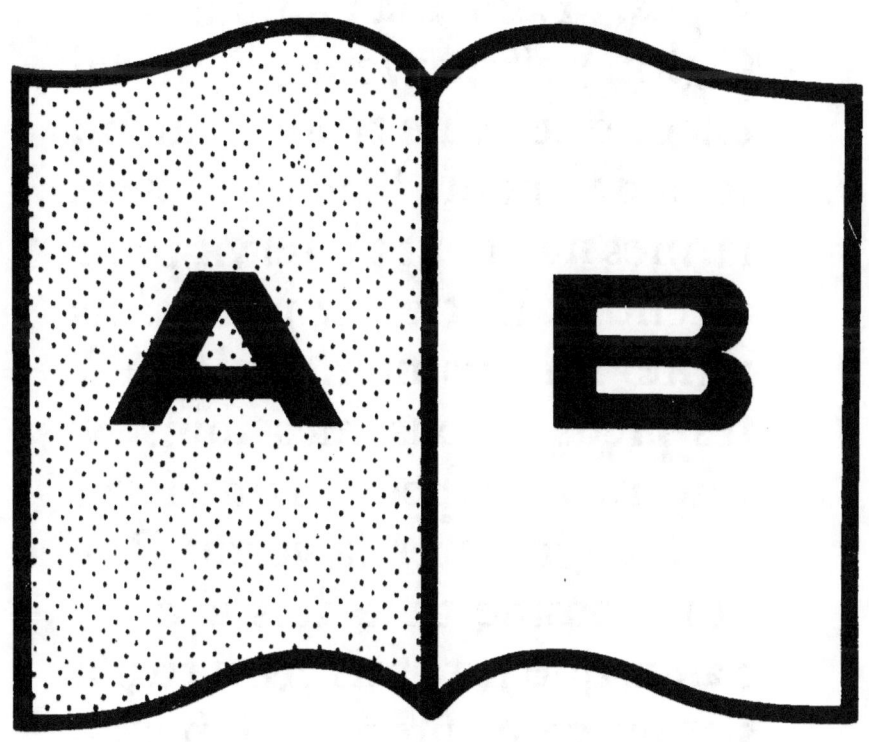

Contraste insuffisant

**NF Z** 43-120-14

ces forefts horribles qui fervent de retraite aux beftes fau-
vages. Enfin ma paffion ( ami
Oglou ) eft parvenuë à un tel
excez que je ne trouve aucun
remede pour l'avenir. Mes
larmes ne m'ont pû fervir pour
attendrir Darie , & je me fuis
mille fois vainement jetté à
fes pieds , tous mes foins &
tous mes refpects n'ont fervi
qu'à augmenter fa vertu. Reçois comme tu le dois la confiance que je te fais , & fi tu n'a
pas un cœur propre a aimer a-
vec tant de force, aye au moins
quelque complaifance pour
un homme dont la paffion n'a
pû avoir de bornes , & ne me
reproche point d'avoir eu trop
de foibleffe parce que j'ay efté
vaincu par une femme, ce font

les femmes qui ont toûjours
remporté les plus grandes vi-
ctoires, elles ont accoûtumé
de vaincre, ceux mefmes qui
foûmettent toutes chofes. Il
ne m'eft pas poffible de comprendre, comment j'ay aimé
fi fortement fans mourir, & je
ne puis m'imaginer encore
comment je pourray vivre, fi
je fuis long-temps privé de la
veuë de ce que j'aime. Darie
a quitté Paris, & elle en eft
éloigné de 300. cent mille, confidere l'état où je me trouve,
je crois eftre dans un lieu foli-
taire, quoy qu'il y ait un millions d'habitans dans la ville
où je demeure, je ne fors plus
de ma chambre, je ne puis
trouver dans mes livres de
quoy m'amufer, mon unique

foin eft de nourrir mon mal, & je m'étudie à me rendre encore plus mal-heureux, parce qu'il n'eft pas en mon pouvoir de chercher même le chemin pour arriver au feul bon-heur que je puis fouhaiter. Mahmut eft pour ainfi dire devenu le fils de la trifteffe, ma barbe eft longue & mal propre, je me déplais à moy-même, je fuis inconfolable, je fuis toute forte de focieté & je fuis devenu invifible à tout le monde. Il ne me refte de foulagement parmi tant de fujets de defefpoir que l'affurance que Darie m'a donnée que j'occupe une place dans fon cœur, & je le crois parce qu'elle me l'a dit. Le Ciel luy a donné une ame genereufe & franche, & il luy
pendant

promet de grandes chofes
pendant le cours de fa vie. J'ay
fait fecretement fon horofco-
pe, & autant que je l'ay pû
connoiftre, toutes les planetes
luy font favorables, elle doit
vivre long-temps, la fortune
fecondera toûjours fes intentions, elle joüira fans ceffe
d'une fanté parfaite, & cette
adorable perfonne aura toûjours toutes fortes d'avanta-
ges fur ceux qui voudront la
traverfer,& s'oppofer au cours
de fa bonne fortune. Heu-
reux qui fera du nombre de
fes amis, & plus heureux encore celuy qui en fera aimé, il
pourra s'affurer d'eftre aimé
de la plus belle & de la plus
eftimable de toutes les Dames
Grecques.

B

Lïs mes folies avec quelque indulgence, & ne te fâche point si je te dis que j'ay esté prest de renoncer à la Religion de Mahomet pour embrasser celle de Darie ; elle commençoit à me convaincre, & je commençois à croire que la Religion de la plus parfaite, & de la plus vertueuse des femmes estoit la meilleure des Religions. Si tu es assez en faveur auprés du Grand Vizir, ou du Kaimакam, obtiens pour moy la permission de m'éloigner de Paris pour six mois seulement; mais garde toy bien de leur en dire le sujet. J'aime beaucoup absent de Darie, mais il me paroist que je n'aime point encore assez, je voudrois avoir pendant l'absence des transf-

ports plus violens, que ceux
méme que j'ay quand je la vois,
afin de pouvoir dire que dans
tous les tems & dans quelque
lieu que je fois, perfonne n'a jamais aimé fi fortemét que moi.
Je t'ay découvert mon cœur
tout entier : excufe ma paffion
fi tu ne veux pas excufer ton
ami qui en eft fi puiffammeut
tourmenté, & reffouviens-toy
de ce que la belle Roxane di-
foit au grand Soliman ; que le
plaifir de commander & de
fe faire obeïr n'eftoit que le
fecond des plaifirs de la vie,
mais que celuy d'aimer & d'ê-
tre aimé eftoit le premier.

Henry IV. a efté le plus
grand des Rois de France, &
jamais homme n'a tant aimé;
quand il reprocha au Maré-

chal Duc de Biron l'amour
qu'il avoit pour une Dame,
aprend ce que ce Cavalier luy
répondit. Grand Roy comment est-il possible que tu ne
sois pas indulgent pour les
amans, toy qui a si souvent
dit que lors que tu estois amoureux tu t'oubliois toymême, ton Royaume, & tes
sujets. Voila, cher Oglou, ce qui
m'est arrivé à Paris avec cette
admirable personne que tu
n'as plus retrouvée à Constantinople; mais helas je serois un
ami bien mal-heureux, si avec
un amour comme le mien j'êtois encore ton rival! Je ne
veux pas me l'imaginer, mais
je veux bien te dire que plûtost que de te ceder Darie, je
te sacrifieray ce qui me reste

de temps à vivre. J'ay donné
mon portrait à cette belle
Grecque, elle l'a receu fort
agreablement ; mais elle l'a
receu plûtoft comme l'ouvrage d'un excellent Peintre ,
qu'elle ne la confideré comme le Portrait d'un amant.

Cependant comme elle a
beaucoup de bonté, & qu'elle
eft parfaitement fage , elle
me parla ainfi en le recevant.
Mahmut remercie le Ciel de
ce que tu n'es pas beau, les
hommes bien-faits n'ont pas
d'ordinaire tout le fuccés
qu'ils pretendent dans leurs
amours, les Dames qui font
tendres croyent que ces gens-
là s'aiment trop, & celles qui
font fieres ne les trouvent pas
affez foûmis, & refpectueux ;

celles qui craignent les medi-
fants n'ofent les regarder , &
puis ces Meffieurs s'imaginent
qu'on ne leur accorde des fa-
veurs , que parce qu'on ne
peut leur refifter, & ils atten-
dent fort fouvent d'eftre priés
de les recevoir , au lieu que
ceux que la nature n'a pas affez avantageufement parta-
gez de fes graces font plus
qu'aimer : ils adorent leur
Maiftreffes, ils font toûjours
humbles , & ils fçavent fouvent vaincre par leurs refpects
la plus grande retenuë; Pour
toy envers qui la nature n'a pas
efté liberale tu feras heureux
fi tu ne changes point de maniere de vivre avec moy.

Il ne m'eft pas poffible de
te dire fi Daric a des défauts

confiderables, eftant trop pre-
venu de ma paffion pour découvrir des défauts dans une
perfonne que je regarde comme un Ange. Le temps & fes
promeffes me feront voir
quelque jour, fi elle aura les
vices de ceux de fa nation, qui
font ordinairement une infidelité couverte des plus belles apparences, & une diffimu-
lation continuelle.

Cependant envoye moy un
grand vafe de beaume blanc
de la Mecque qui foit le plus
pur, & de l'odeur la plus parfaite que tu pourras trouver,
& envoye-moy en mefme
temps de ces bois precieux
d'Orient, dont la fenteur eft
merveilleufe pour parfumer
les corps. J'ay promis à la bel-

le Darie de luy faire ce pré-
fent , fais que je le reçoive
bien-otſt , afin que je puiſſe
par là , faire raccouſtumer
Darie aux propretez & aux
delicateſſes des Mahome-
tans. Conſerve auſſi ta ſanté , & ſi tu me portes envie
aime autant que moy ; mais
aime avec continence ſi tu
veux aymer long-temps , &
eſtre long-temps aymé.

Que le grand Dieu pour-
tant te garantiſſe d'un amour
auſſi exceſſif que celuy de ton
amy Mahmut , les peines y
eſtant toûjours aſſurées , & y
ayant beaucoup d'incertudes
pour les plaiſirs.

*A Paris le dixiéme de la Lune
de Ianvier* 1641.

# LETTRE

## LXX.

### A

### *L'INVINCIBLE*
### *Vizir AZem.*

E Chiaoux eſt arri-
vé icy cette même
Lune que je t'écris,
& il eſt dans une
parfaite ſanté avec toute ſa
ſuite.

Je ne te dis point de quelle maniere il a eſté receu du

*III. Partie.*      C

peuple de Paris, parce qu'il
est peu important, puis qu'il
n'a autre part au gouvernement du Royaume que celle
de l'obeissance.

La populace a observé cu-
rieusement son habit, sa barbe, son alleure, & a regardé
nos manieres d'Orient comme une chose fort extraordinaire ; il ne faut point
le dissimuler, invincible Capitaine des armées de celuy
en qui Dieu a mis en dépost
son authorité pour gouverner la terre, nos envoyez ne
sont pas en veneration en
quelque endroit qu'ils aillent,
qu'auprés de ceux qui sont
les plus raisonnables, & les
plus gens de bien, & il n'y a
point d'endroit, où ceux-cy ne

foient les moindres en nombre.

Ce n'eft pas feulement le petit peuple qui court pour voir nos Ambaffadeurs, à caufe des vêtemens qu'ils portent, où leurs yeux ne font pas accouftumez, mais on voit des perfonnes confiderables, qui ont la même curiofité. Les uns applaudiffent en ne difant rien, les autres levent les mains pour marquer leur étonnement, & d'autres par un murmure infolent, montrent le mépris qu'ils en font, fans vouloir rendre la juftice qu'ils doivent à des étrangers dont les mœurs & les manieres ne doivent jamais eftre blâmées, n'eftant pas poffible que des nations entieres

C ij

n'ayent pas de bonnes raifons de leurs coûtumes, & de ce qu'ils pratiquent depuis tant de fiecles.

Voila à peu prés ce qui s'eſt fait, ou penſé du Chiaoux en public, mais il n'en n'a pas eſté ainſi à la Cour, où le Roy, & ſes Miniſtres font tout avec beaucoup de prudence. Il a eſté parfaitement bien receu du Souverain, & de ſes Miniſtres qui l'ont regardé comme un homme qui aportoit de bonnes nouvelles, & qui eſtoit envoyé par le plus grand & le plus puiſſant Empereur du monde.

Pour ce qui eſt du ſujet de ſa venuë, chacun en parle fort diverſement, parce que chacun interprete les deſſeins que la Porte a pû avoir selon ses divers interests.

Les Ministres des Princes étrangers apprehendent que le nouveau Sultan, n'entreprenne la ruine entiere de la Chrestienté, & qu'il ne soit encore plus terrible qu'Amurath : cependant ce peuple mécreant fait paroistre une joye incroyable de l'incendie de la ville Imperiale de Constantinople. Mais le Roy n'a aucune part aux sentimens de ses sujets.

Il y a assez de gens qui disent que le Roy des testes rouges renouvellera la guerre à l'Empire, & qu'il y est porté par le Grand Mogol Et il y en a qui soûtiennent qu'il a déja mis le Siege devant Babilone. Mais ceux qui parlent avec plus de sens, & moins de haine, avoüent que tous les ennemis de la Porte, dont le Ciel égale le bonheur à sa grandeur immense, sont comme de legers roseaux exposez au vent, dont ils seront facilement renversez, si les François ne se mettent de leur costé pour les soûtenir, & c'est la folie de cette nation qui se croit superieure à toutes les autres, & l'arbitre du monde, parce qu'elle est regardée comme amie des fidelles Musulmans.

Les Juifs, invincible Vizir principal Ministre de l'Empire favorisé de Dieu, sont une race maudite de toute les nations, les Chrêtiens les accufent d'avoir mis le feu dansConftantinople,& loüent extraordinairement les Grecs de l'avoir éteint; à quoy, difent-ils, ils n'ont pas moins contribué par leurs mains que par la ferveur de leurs prieres,& que le Ciel l'a défenduë de fa ruine totale à caufe des reliques facrées de tant des Chreftiens dont les corps font encore enfevelis dans nos mofquées.

Les nouvelles qui viennent des païs étrangers marquent de plus en plus le defordre qui eft par tout; on n'entend parler du cofté d'Efpagne, que de confpirations fecretes, & de revoltes publiques.

Les peuples de Catalogne

C iiij

font dans un continuel mou-
vement , & fi fort irritez
qu'ils ne donnent plus aucun
quartier aux Efpagnols , &
on entend du cofté de Portugal des nouveautez encore
plus furprenantes.

Londre n'eft pas dans un
plus grand repos, & il fe forme tous les jours de nouveaux
partis contre la puiffance du
Roy Charles premier, maître
de ces trois Ifles fi fameufes :
de forte qu'il paroift que le
Dieu des Nazaréens eft puif-
famment irrité contre les
Princes de ces nations mef-
creantes.

Je ne manqueray pas à t'informer dans les temps , des
évenemens qu'il fera neceffaire qui viennent à ta con-

noiſſance , ou pour le bien des affaires de l'Empire , ou pour contenter la curioſité que tu peux en avoir. Et ſi les choſes ne changent bien-toſt de face ; ces terres aban-données du Ciel , puis que la veritable loy établie par noſtre grand Prophete n'y eſt point reconnuë , changeront bien-toſt de maiſtres , de mœurs , & de Religion.

J'adore avec l'humilité la plus profonde & la teſte abaiſ-ſée à tes pieds invincibles l'au-thorité que le Sultan t'a con-fiée , & que tu merites tant par ta fidelité , & par la gran-deur de tes actions.

*À Paris le vingtiéme la Lune de Ianvier, 1641.*

# LETTRE

## LXXI.

### A

### *CARA HALI*
*Medecin de Constantinople*

 Epuis que j'ay receu ta Lettre & les marques de ton souvenir, je croy me porter beaucoup mieux. Je fais deux repas par jour, je me promene dés le matin, mon apetit s'accroît tous les jours, je n'ay plus de ces nauzées

infuportables qui me defo-
loient , je puis lire plus long-
temps , & je dors la nuit avec
plus de tranquillité. Je ne puis
pas dire neantmoins que je
fois dans une parfaite fanté ;
une fi longue maladie m'a ôté
une chofe que je ne fens point
revenir. Il manque à mon efprit une certaine vivacité , &
une promptitude dans fes operations qui s'eft extremement
ralentie ; mais je ne fçay fi c'eft
un effet du mal que j'ay fouffert , ou fi cela ne vient point
de la nature qui s'affoiblit , à
mefure que noftre vie s'avan-
ce pour fe jetter , pour ainfi
dire dans les bras de la mort ,
qui eft ce qu'il y a de plus affeuré pour moy. Je t'entre-
tiendrois volontiers fur l'état

où je me trouve, si je pouvois vaincre la foiblesse où je
suis demeuré, & le froid qui
me penetre malgré toutes les
precautions que je prens, dans
ce climat glacé. L'ancre gele
sur la plume, & on pourroit
quasi dire que le feu gele ; car
il n'a point son activité ordinaire ; & le froid est si aigu,
qu'il éteint quasi la chaleur
naturelle. La Ville où je fais
mon sejour, paroît devenuë
tout d'un coup une Ville de
christal, le vent qui vient du
côté du Septentrion a glacé la
riviere en une seule nuit, &
toutes les fontaines où on a
accoûtumé de puiser l'eau qui
sert à étancher la soif d'un
monde entier, dont cette
grande Ville est peuplée. Il

semble que le Commerce y a ceſſé, tous les riches ſont retirez auprés de leur feu, & les miſerables ſont dans les ruës, où malgré l'exercice qu'ils font pour combattre le froid, ils paroiſſent preſts à mourir. Le pain meſme eſt devenu comme du marbre, ou comme une pierre tres-dure, toutes les danrées qui ſervent à ſouſtenir la vie ſont en meſme état: les veillards aſſeurent qu'ils n'ont jamais ſenti un froid ſi rigoureux, & qu'ils n'en n'ont point entendu parler à leurs pères.

On a trouvé à peu de lieües de Paris dans un grand chemin deux hommes veſtus d'un habit d'une étoffe fort rude, ſans chemiſe, avec une groſſe

ceinture de corde, les jambes
nuës, la teste rafe, & une
longue barbe, que le froid a
tuez. Ils font morts en s'em-
braffant l'un & l'autre, & efpe-
rant peut-eftre par la mutuelle
chaleur qu'ils croyoient fe
communiquer ainfi, ou fe
garantir de la mort, ou
au moins la retarder. Ces
gens-là font des Dervis de
l'Eglife Latine, qu'on nomme des Capucins, de qui la
vie eft une continuelle fouf-
france, & qu'il femble qui ne
fe nourriffent que dejeûnes, &
de penitences: ils fe levent au
milieu de la nuit pour aller
pfalmaudier dans leur Temple, & ils meinent toujours
une vie contemplative.

Ces Dervis ne vivent que

des aumofnes qu'ils reçoivent des Chreftiens, qui confiftent dans du pain fouvent fort mauvais, des legumes, des herbes & fi la charité de ces Nazaréens s'étent jufqu'à leur donner quelque chofe de plus, ils n'en mangent que ce qu'il faut pour fe garantir de la mort : ils dorment fur la paille, & font obligez de porter nuit & jour leur mefme habit, qui fait peur à voir, & avec lequel on les enfevelit quand ils font morts. Quand ils font obligez de voyager il ne leur eft pas permis d'aller à cheval, en carroffe, ny en litiere, & ils ont feulement permiffions d'aller dans des Vaiffeaux quand ils vont fur mer ou fur des rivieres, & on ne leur

accorde que ce qui faifoit tant
de peur à Caton, & qu'il n'y
a que les fols qui ne craignent
point, qui eft de pouvoir fe faire voiturer fur l'eau.

Enfin leur vie eft un enfer
continuel, & ils feront bien
attrappez, s'ils ne trouvent
un Paradis, quand ils fe feront
dépoüillez de la mortalité.

Ces Religieux font fous la
direction d'un feul General
qui les goúverne : ils obfer-
vent un long filence, ce qui
eft une grande vertu parmi
eux, & avec cela ils ont encore l'obeiffance, qui fait qu'ils
font tellement foumis à leur
Chef, qu'ils demeurent fans
volonté.

Ils ont des prifons fort obf-
cures fous terre, où ils mettent

tent ceux qui caufent du fcandale à l'Ordre, par leurs crimes & malgré la fainteté de leur Regle , & l'exactitude des Superieurs à la faire obferver , il y a toûjours, quelqu'un qui s'écarte du droit chemin , & qui fouvent fe fert de l'opinion qu'on a de fa pieté pour faire des chofes qui feroient punies feverement parmi les gens du monde. Ces fortes de Dervis ne peuvent non feulement rien poffeder en propre , mais ils ne peuvent pas mefme toucher aucun argent monoyé, fans commettre un peché confiderable, & dont il faut qu'il faffent une rude penitence.

Mais ce que tu apprendras avec étonnement j'ay veu fou-

*III. Partie.*        D

vent ces Dervis qui ne font
couverts que de mauvais habits, & tous remplis de pieces, veſtus avec plus de magnificence que noſtre venerable Mufti ; & cela dans les
temps qu'ils font leurs ſacri-
fices à leur Meſſie : ils mon-
tent à l'Autel couverts des
toiles les plus fines, & par
deſſus, des veſtes enrichies de
broderies d'or & d'argent
les plus delicatement travail-
lés qu'on puiſſe imaginer ,
& ſouvent encore enrichies
de perles , & de pierreries.
Dans ce Sacrifice, ils mangent le Pain ſacré, qu'ils appellent le Corps du Meſſie
des Chreſtiens , qu'ils ont
accouſtumé de mettre ſur
une petite aſſiete d'or très

brillant , & ils mettent de mefme dans des Calices de pareille matiere une liqueur , qu'ils affeurent fe convertir en Sang veritable de leur Dieu , comme le Pain dans le Corps , auffi-toft qu'ils ont achevé certaines paroles qu'ils prononcent fecretement.

Le Sacrifice fe fait tous les jours , & non feulement le peuple y affifte , mais les plus grands du Royaume avec leur Monarque à genoux , & dans une pofture fuppliante : il y a autour de l'Autel quantité de chandelliers magnifiques , où bruflent des flambeaux de cire blanche , ce qui rend le Sacrifice encore plus majeftueux.

Je te raconte ce que j'ay

D ij

veu souvent , parce que j'affecte de me trouver souvent dans les Temples de ces Infideles , & d'assister à leurs Festes pour mieux cacher qui je suis.

Heureux cependant celuy qui vit satisfait, asseuré d'aimer Dieu de la maniere dont il veut l'estre. Tu as cette bonne fortune , & celle d'estre dans ta maison à ton aise ; quand tu sors tu portes une longue veste qui te couvre jusqu'à l'extremité des talons, qui est doublée de peaux tres fines & tres chaudes , pendant que je suis obligé à me couvrir simplement d'un manteau noir fort court , qui à peine descend jusqu'à mes genoux& qui est bien foible pour refifter à la rigueur du froid, & me deffendre contre les neiges & les vents Septentrionnaux, & qui eft en verité un habit fort ridicule, que je fuis obligé de porter pour le fervice de celuy dont je fuis efclave, qui ne peut couvrir mes jambes mal-faites, ni mon corps quelque petit qu'il foit. J'attens avec une impatience qui n'eft pas imaginable, la faifon qui couvre la Campagne de fleurs, qui fait croiftre l'herbe des prez, qui donne aux arbres leurs feüilles ordinaires, & qui ranime les petits oyfeaux, pour efperer de recouvrer ma fanté, n'y ayant que le printemps qui puiffe me la redonner.

Au reſte tu me feras un grand plaiſir d'éprouve: mon amitié, pour te faire connoiſtre qu'il n'y a pas dans tout l'Empire des veritables creans, un ami plus fidelle & qui t'aime avec plus de cordialité. Adieu.

*A Paris le 10. de la ſeconde Lune de 1641.*

# LETTRE

## LXXII.

## AV

## KAIMAKAM.

A Cour de France eſt une aſſemblée de politiques qui ſe découvrent, & ſe cachent ſuivant leurs intereſts, & qui ont plus accoûtumé de ſe taire que de parler. Ils s'ex-

pliquent en plus d'une maniere sur les choses qu'ils ne
peuvent taire, & je tire d'eux
ce qui m'est necessaire pour
m'instruire & t'informer. Il
est arrivé en Espagne des
mouvemens si prompts, & si
surprenans, & dont les suites
paroissent devoir estre si considerables, qu'ils font esperer un agrandissement considerable, à la maison de France, qui paroist y avoir eu une
grande part, & qui paroist
aussi les entretenir; sur quoy
tu feras les reflexions que tu
jugeras le plus à propos.

On appelle les montagnes
qui divisent la France de l'Espagne les Monts-Pirenées.
La Catalogne est une Pro-
vince arrosée d'un costé de
la mer

la mer Mediterranée, & bornée de la Navarre, & elle eſt ſituée au pied de ces montagnes : les peuples ont pris les armes, & ſe ſont oppoſez avec beaucoup de vigueur aux Miniſtres du Roy Catholique, & les Portugais ont fait la meſme choſe, mais avec des ſuccez differends. Ce Royaume eſt compris dans les Etats du Roy d'Eſpagne, & le plus riche de ceux qui ſont ſous ſa domination : Sa ſituation eſt avantageuſe, il eſt entre la Galice & la Caſtille, & baigné de l'Ocean, qui luy apporte des richeſſes immenſes.

La principale Ville de Catalogne eſt Barcellonne, & Liſbone eſt la Capitale de Por-

*III. Partie.*      E

tugal. La premiere a pris pour pretexte de son soulevement, les insolences faites par les troupes protestantes, dont se servoit le Roy Catholique, qu'on avoit mis en quartier dans cette Province. Et l'autre aprés avoir long-temps caché son dessein, a enfin secoüé le joug des Espagnols, & s'est fait un Roy du sang de ses Roys legitimes.

On dit que le Comte Duc d'Olivarez, premier Ministre du Roy Espagnol, & son Favori, ayant dessein de mortifier les Catalans, avoit horriblement chargé tout le Comté de Catalogne de logemens de gens de guerre, & qu'il y avoit envoyé les troupes qui vivoient avec plus de licence, s'imaginant chaftier fans autre forme de procés, les excez que l'orgueüil de ces peuples leur avoit fait commettre.

Ce Miniftre n'a pas mal reüffi dans fon deffein, & cette Province eft pleine de morts, de divifions, & de carnage, & il s'y paffe les plus triftes tragedies qu'on puiffe imaginer. Les foldats y exercent des cruautez inouyes : ils répandent le fang des femmes, des vieillards, & des enfans indifferamment : ils renverfent les Autels, & ruinent les Temples. Les Païfans les plus courageux s'attroupent pour repouffer la force avec la force, & ils fe vengent cruellement fur les Caftillans

qu'ils peuvent attraper, fans
épargner mefme les Miniftres
de leur Roy. Ils tuent tout ce
qu'ils rencontrent, ils cherchent ceux qui font cachez
pour les punir du dernier fupplice, ils courent aprés ceux
qui cherchent leur falut dans
fuite, & ils ne pardonnent
pas mefme aux Dervis les plus
faints, & les plus venerables
pour peu qu'ils leur foient
fufpeds.

Le Comte de Sainte Colom-
me commandoit n'agueres en
Catalogne avec le titre de
Vice-Roy, & ce pauvre homme bon ou mauvais qu'il ait
efté, eft prefentement devant
Dieu, où il reçoit les recompenfes ou les chaftimens qu'il
a meritez ; il a efté prefque

fa premiere victime facrifiee
à la fureur des Païfans, & à
l'emportement d'un peuple
irrité : fon fang répandu a
fait le prologue d'une funefte
tragedie, qui ne finira point,
fans des évenemens encore
plus funeftes à la Monarchie
d'Efpagne, & mefme aux Catalans, que ceux qui font déja arrivez.

Le Vice-Roy s'eftoit retiré dans l'Arfenal de Barce-
lonne aux premiers mouve-
mens que firent les Païfans,
il y fut auffi-toft affiegé & at-
tacqué par une groffe troupe
des plus feditieux ; & voyant
qu'il n'y pouvoit demeurer en
feureté, il prit le parti d'en
fortir pour fe retirer fur les
galeres ; mais la groffeur de

son corps l'empefchant de marcher auffi vifte que ceux qui l'accompagnoient dans fa fuite : il refta feul , & outré de laffitude il tomba évanoüy, & demeura quelque temps comme mort fur le fable entre des rochers qui font fur le bord de la mer. Un Valet qui reftoit auprés de luy le fit revenir en luy jettant de l'eau de la mer fur le vifage ; mais il ne luy rouvrit les yeux que pour voir fa mort de plus prés. Il fut attaqué dans cet eftat , où il ne fe pouvoit remuer , par une troupe des plus enragez, qui luy tirerent d'abord quelques coups d'arquebufe , & puis le mirent en pieces , aprés l'avoir percé de mille coups de couteau ;

ſon Valet le deffendit autant qu'il put, en le couvrant de ſon corps ; mais ſon zele fut inutile, & toutes les bleſſures qu'il reçeut n'en ſauverent pas une à ſon Maiſtre : il eſt Affriquain, & avoit eſté ſon Eſclave. Le courage & la fidelité d'un homme d'une naiſſance auſſi baſſe, merite bien qu'on diſe au moins de luy qu'il eſt mort en imitant les vertus de ces anciens Romains, qui ſont encore aujourd'huy loüez & admirez par toute la terre.

La mort du Vice-Roy n'arreſta point les Païſans : ils ſe porterent à des excez qu'on auroit de la peine à ſe figurer, & leur barbarie leur a fait de puis commettre des cri-

E iiij

mes horribles, & des actions où il y avoit avec de la cruauté un ridicule qu'on ne sçauroit exprimer.

Ces désesperez allerent au Palais du Marquis de Ville-Franche General des Galeres, où après avoir égorgé tous ceux qu'ils rencontrerent : ils briserent & brûlerent tous les meubles les plus precieux, & puis porterent en procession à la pointe d'une pique une petite figure de bronze qu'ils croyoient un Ange noir.

Cette figure estoit celle d'une Genuche, où un hor-loge estoit enfermé, & dont les ressorts ingenieux luy fai-soient remuer les yeux ; ce qui surprit tellement ces Païs-sans, qui n'avoient jamais

veu , ny ouy parler d'une pareille machine, qu'ils demeu-
rerent dans une immobilité ,
qui retarda quelques mo-
ments les effets de leur fureur ; mais il y en eut un plus
hardi que les autres qui s'ap-
procha de la Genuche , cria
que c'eſtoit l'eſprit familier
du Marquis de Ville - Franche ; qu'il falloit s'en ſaiſir ,
& le mettre en priſon pour
luy oſter ſon pouvoir , & il
mit auſſi-toſt la main deſſus
puis on la lia & garotta à la
pointe d'une lance , & aprés
en faiſant un bruit enragé ,
ils la promenerent par toute
la Ville ; le Peuple ignorant ,
& capable dans ces occaſions
de recevoir les impreſſions les
plus ridicules, auſſi bien que

les femmes qui ne sont pas difficiles à persuader, les suivoit,
convaincu qu'on promenoit
par les ruës, le diable du General des Galeres. Aprés a-
voir couru par toute la Ville
de Barcellone, ces enragez
mirent l'horloge entre les
mains de l'Evêque & des In-
quisiteurs pour l'exorciser,
afin de chasser de la Province par la force des exorcis-
mes qu'ils ont accoutumé de
faire dans leur Religion, un
diable qu'ils croyoient capable de les perdre tous.

Les affaires se traitent plus
serieusement en Portugal, &
avec plus de douceur, & les
Habitans de Lisbone aussi bien
que la Noblesse ont traité les
Castillans avec plus d'huma-

nité. Ils ont éleu promptement un Roy qui regne paifiblement comme heritier du Royaume, & par là tres affeuré d'eftre maintenu par la fidelité, & l'affection des Peuples. On a déja eu nouvelle de fon couronnement, dont la ceremonie s'eft faite avec beaucoup de pompe & de magnificence. Le Peuple pour marquer fon affection, a fait un prefent d'un million d'or à fon nouveau Seigneur. Le Clergé luy a donné fix cent mille écus, le prefent de la Nobleffe a efté de quatre cent, & le nouveau Roy a pris le nom de Jean Quatriéme Roy de Portugal, au lieu de celuy de Dom Jean Duc de Braganze.

Jamais Conſpiration n'eut une fin plus heureuſe que celle-là , les Portugais ont chaſſé de chez eux une Nation tres puiſſante & tres-politique ſans répandre de ſang que celuy d'un ſcelerat; mais tu en aprendras davantage au premier jour , & je chercheray avec ſoin à m'informer du détail d'un évenement ſi extraordinaire , pour en rendre un compte exact au grand Vizir. On dit que le Roy Philippe eſt le plus malheureux Prince qui ait occupé le Thrône , & qu'il eſt parfaitement bon Roy , mais exceſſivement bon, parce qu'il s'eſt abandonné avec ſon Royaume à la conduite d'un autre, de maniere qu'on diroit que le Comte Duc qui regne souverainement à Madrid, a bien voulu choisir Philippe I V. pour son Favori. Le Ministre commande, & le Roy obeit, la foiblesse du Maistre authorise les entreprises du Favori, & la confusion y est si grande, qu'on y voit de tous costez les ordres donnez par ceux que le Ciel avoit destinez pour les recevoir.

Je baise les bords de ta robe avec toute la soumission possible à un pauvre, & humble esclave.

*A Paris le dixiéme de la deuxiéme Lune de 1638.*

# LETTRE

## LXXIII.

### A

### DGNET OGLOU.

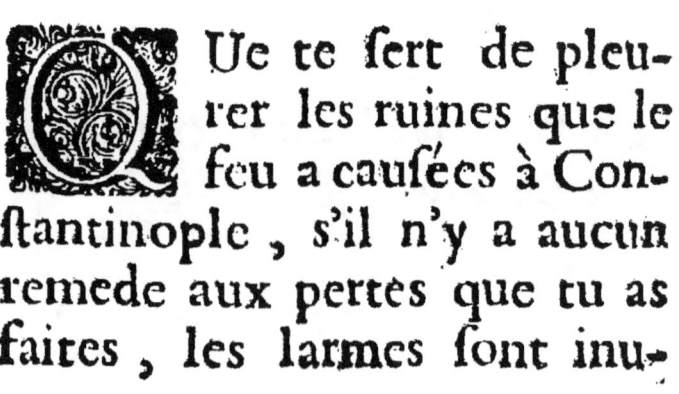

Ue te fert de pleurer les ruines que le feu a caufées à Conſtantinople, s'il n'y a aucun remede aux pertes que tu as faites, les larmes ſont inu-

tiles quand il est impossible
de reparer le dommage que
nous avons souffert ; si tous
les Vizirs ensemble , ny le
Prince mesme dont l'authorité n'a point de bornes ,
n'ont pû resister à l'impetuo-
sité de cet élement , que pour-
rions nous faire nous autres
miserables , qui sommes sujets par nostre condition à
souffrir toutes sortes de disgraces ? Es-tu le premier
homme de bien qui ait été
ruiné ? Le Ciel t'avoit enrichi , tes chambres estoient
parées des plus beaux tapis
de Perse , tu avois des escla-
ves en quantité , & la fortune
t'avoit donné une belle maison , avec des jardins delicieux , & des bains, avec des

fontaines d'eau vive ; faut-il
se defefperer pour avoir perdu une partie de ces chofes là,
confole toy, puifqu'il n'y a pas
de ta faute, & que tu n'as pas
contribué à ton mal-heur?

Tu m'écris que l'incendie
de la premiere ville de l'U-
nivers t'a ofté en un jour
feul, toutes les commoditez
que tu avois acquifes par plufieurs années de travail. Et
je te répons que celuy qui
t'avoit donné tous ces biens attend de ta pieté des actions de
graces, de ce qu'apres t'a-
voir enrichi de ce que tu
n'avois pas, il ne t'a pas ofté
la vie dans le mefme temps.

As tu fi toft oublié le De-
metrius de Seneque ? As-tu
rien perdu que tu nayes receu

eeu de la liberalité de la fortune ? & si tout ce que tu avois t'avoit esté donné, pourquoy t'affliges tu comme si tu n'en pouvois pas racque-rir autant ? estens les mains vers le Ciel, prie & demande : celuy qui t'a une fois donné, n'est point appauvri des libe-ralitez qu'il fait, mais de-mande plûtost les graces ne-cessaires pour ton salut, que les biens de ce bas monde qui sont tous perissables.

Si tu vis tu te reverras dans le mesme état où tu as esté, il ne m'est pas possible de te donner une autre con-solation, & je ne veux pas pleurer avec toy, parce que ce seroit faire une chose inu-tille ; mais si tu as veritable-

F

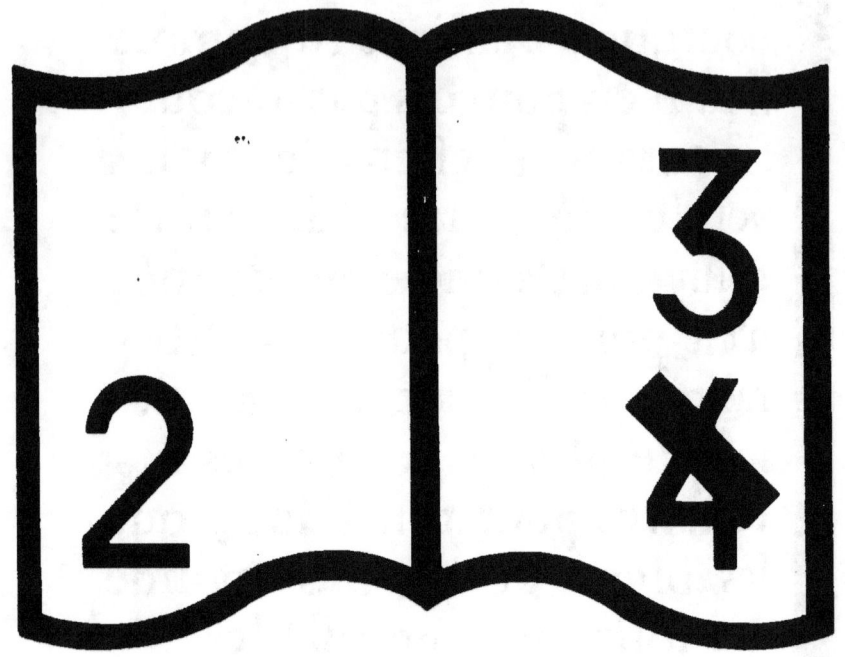

Pagination incorrecte — date incorrecte

**NF Z 43**-120-12

ment envie d'oublier les pertes que tu as souffertes, confidere les grands dommages que
le mefme feu a caufés à tant
de fidelles, dans la mefme
Ville, où tu te plains. Combien de gens moins accom-
modés que toy ont perdu plus
que toy ? & combien il y en
a de plus gens de bien que
tu n'es, & qui ont une plus
grande foumiffion aux de-
crets du Ciel, qui ont fouffert des mal-heurs encore plus
grands que les tiens ?

Un fi grand embrafement,
où la Capitale du monde
s'eft veuë prefte à eftre re-
duite en cendre, doit avoir
efté un fpectacle affreux.
Quand je lis la relation que
tu m'en fais, je fremis d'hor-

reur, de voir tant de maisons magnifiques & tant de superbes Mosquées devorées par les flames, & reduites à rien, avec des biens, des richesses, des meubles precieux, des marchandises inestimables, des memoires où l'on voyoit ce que l'antiquité a de plus grand, les livres publics, & une quantité de rares manuscrits dont la perte est irreparable, qui sont devenus la proye de cet élement qui devore tout. Mais toy & moy ne sommes pas les premiers & nous ne serons pas les derniers à pleurer la ruine de nostre Patrie. Combien de villes dans l'Asie, combien y en a t'il eu dans la Grece, qui ont esté abîmées en

un inſtant par un tremble-
ment de terre , & combien
de ruines trouve-t'on dans les
villes fameuſes de la Sirie ,
& dans la Macedoine ,& combien de fois a-t'on veu les
Iſles de Cipre & de Paphos ,
entierement depeuplées? On
voit perir non ſeulement les
édifices les plus ſolides qui
ſont les ouvrages des hommes , mais on voit les montagnes meſmes s'aneantir ; il
y a des Païs entiers qui ont
pour ainſi dire diſparu , la
Mer a couvert des eſpaces
de terre qui auroient pû faire des Provinces , & qui
eſtoient extremement peu-
plées. Combien voit - on
de promontoires qui eſtoient
autresfois des guides aſſeurez

pcur les pilotes qui font aujourd'huy enfevelis dans le
fable, & caufent fouvent des
naufrages ? Et fi les ouvrages de la nature mefme font
expofez à de fi grandes ruines, à quoy les mortels ne
doivent-ils point eftre pre-
parez ? Mais je m'amufe à te
conter des accidents mediocres, quand je te pourrois faire fouvenir des ravages bien
plus grands que le feu fit
dans la mefme Ville Impe-
riale, apres qu'elle eut efté
rebaftie par le grand Conftan-
tin, à qui elle devoit tout
fon éclat, avant que les heureux & puiffants Empereurs
des Mufulmans y euffent
eftabli le Siege de leur Empire, ce qui en a fi fort aug-

menté la grandeur , que rien
jamais ne luy pourra estre
comparable.

Sous le regne de l'Empe-
reur Leon , si je ne me trompe , on vit un continent , qui
est le long du Bosphore entre l'une & l'autre mer , entierement ruiné par le feu ,
& douze ans apres sous le
reigne de Basile en vit brûler cette fameuse biblioteque
ramassée avec tant de soin ,
de peines & de dépense, &
qui estoit composée de plus de
deux cent mille manuscrits ,
avec la peau d'un serpent qui
avoit 120. pieds de long, où
l'Iliade & l'Odissée d'Homere estoient écrits dans leur entier. L'incendie qui arriva du
temps de Justinian auroit pû

faire oublier les autres ; le fameux Temple de S. Sophie qui
est aujourd'hui nôtre premiere
Mosquée ne put estre garan-
tie de la fureur des flames,
& elle en fut presque toute
consumée. Je ne parleray
point des ruines qui sont arrivées par des tremblemens de
terre, sous le regne de l'Empereur Zenon Izorie, il y en
eut un bien plus terrible sous
Bajazet 2. où dans Pruze, une
ville toute entiere avec ses
maisons, ses murailles & trois
mille habitans furent ensevelis
dans les entrailles de la terre ;
ce qui nous doit convaincre
qu'il y a eu dans tous les siecles
des evenemens qui nous peuvent donner des instructions, &
pour supporter nos mal-heurs

avec conftance, & pour nous
confier à la providence, en
nous foumettant avec une ré-
fignation entiere aux decrets
du Ciel.

Rejoüiffons-nous une fois,
mon cher amy , dans une
occafion où tout le monde
pleure , pour pouvoir bien
nous perfuader à nous mefme
qu'il n'y a rien icy bas qui
merite d'eftre regreté. Ie ne
dis pas que nous rions à la
maniere de Neron , quand il
voyoit brufler Rome où il
avoit mis le feu luy-mefme,
& qu'il chantoit cet endroit
d'Homere, où l'embrafement
de Troye eft décrit, fais plûtoft comme Ænée qui apres a-
voir fauvé des flames qui devo-
roient fa Patrie & tous fes
biens

biens, ses Dieux Tutelaires,
son Pere Anchise, sa famille, & soy mesme, a esté un He-
ros qui a servi de modelle à la
posterité. Il ne s'amusa point
à pleurer les biens dont il se
voyoit dépoüillé ; mais il con-
serva toujours un courage inébranlable au milieu de la tempeste qui pensa le perdre presque aussi-tôt qu'il fut sur mer,
& qui le contraignit d'errer de
ports en ports, abandonné de
tout secours, persecuté par Ju-
non mesme, & par les autres
Dieux du party de cette Dées-
se ; & aprés avoir suporté avec
force tant de disgraces, il devint le Fondateur de la plus
brave & de la plus fameuse
Nation de l'Univers. Ænée
en sauvant ses Dieux & son

*III. Partie.*                    G

Pere qui furent les compagnons de ses courses attira les graces du Ciel qui finit ses mal-heurs, en l'establissant dans un Païs, où il jetta les premiers fondements d'un Empire qu'on a veu depuis donner des loix à tout le monde.

Ce sont nos crimes qui ont allumé le feu de Constantinople, la mort impreveuë du Prince, que les débauches de vin où l'excitoient des boufons, & ses flatteurs, la Religion blessée, les impietez publiques, les hipocrisies, les crimes horribles commis dans les plus horribles débauches, & les rapines côtinuelles qui demeuroient impunies sont les causes de l'embrasement de la Ville qui est aujourd'huy le Siege de l'Empire de l'Univers.

Peut-on s'imaginer que lors
que Dieu nous envoye des
maux , nous puissions avoir
la force d'y resister. Corrige-
toy , si tu veux te vanger de
la fortune , & estre à l'épreuve
des maux que tu peux recevoir de la nature mesme. Augmente en vertu , si tu veux
estre invulnerable , sois également homme de bien dans
la bonne ou dans la mauvaise fortune. Les bonnes œu-
vres que tu feras te rendront
heureux en ce monde , & te
feront encore vivre aprés ta
mort.

Si la raison n'arreste point
nos larmes , ce ne sera point
la fortune qui les fera cesser.
Quand Dieu fait naistre les
hommes , leur premiere ac-

tion est de pleurer ; aprés cela voulons-nous nous servir plustost de nos larmes pour plaindre les maux que nous fait la fortune, que pour déplorer l'estat où nous nous trouverons dans nostre extreme caducité.

Vis toujours avec moy un peu mieux encore qu'avec un intime ami, & imite, pour ainsi dire, le feu, qui suivant ce qui nous en paroist consume toutes choses, & les convertit, dit-on, en sa propre substance ; mais qui suivant les reigles qui luy sont prescrites par le Createur de tout, ne brûle point l'air, ni les autres élemens, mais il les tient unis, les eschaufe & les conserve. Dieu a

donné aux hommes un inſtinct
qui doit faire la meſme choſe, il les a attachez les uns
aux autres, avec des liens que
rien ne peut rompre. C'eſt l'intereſt & les beſoins mutuels
qu'ils ont de s'entraider: il n'y
en a point qui puiſſe eſtre
heureux, & devenir riche
tout ſeul, il faut des liaiſons,
il faut un commerce, ſans lequel il eſt impoſſible d'avoir
ce qui eſt le plus neceſſaire.
Il y a un commerce encore
plus delicat de ſervices que
les hommes ſe rendent, de
marques d'eſtime qu'ils ſe donnent, de loüanges dont ils
ſçavent ſe ſervir à l'avantage
de ceux qui les meritent, de
ſecours dans les beſoins, où
l'on gagne toujours avec uſu-

re, & qui vous fait toujours donner les loüanges meritées. C'est le sentiment d'un grand personnage parmi les Chrestiens, & c'est celuy du plus fidelle de tes amis Mahmut. Adieu.

*A Paris le dixisme de la Lune de 1641.*

# LETTRE

## LXXIV.

## AV BACHA

### de la Mer.

E s Vaiſſeaux d'Affrique ont peri encore u- ne fois par les mains des Infi- delles , & tu en dois avoir ſçeu le détail avant qu'on l'ait pu apprendre icy , où l'on parle de l'avanture de

G iiij

la Goulette & du Combat de
Caraoge, d'une maniere tres
defavantageufe, & fort pre-
judiciable à la grandeur du
nom Mahometan; & ce peu-
ple infidelle fait icy quafi des
Feftes publiques pour la victoire remportée par une autre Nation : on affeure que
de cinq galeres & trois gros
Vaiffeaux, il n'y a qu'un feul
Navire qui fe foit fauvé par la
fuite, qu'il y en a qui font
coulez à fonds avec l'Amiral
de Caraoge, & que le refte a
efté amené à Malte, & qu'il
y a eu fix cent Mufulmans de
tuez, dans la mort de qui nous
n'avons de confolation que
dans la creance que ce font
autant de Martyrs, dont le
fang demandera continuelle-

ment devant le Throne de Dieu, vengeance des Infidelles qui l'ont répandu.

Il fera difficile que tu trouves l'Ifle de Malthe fur la carte, & encore moins dans la mer, n'eftant qu'une atome de terre prefque invifible. Il n'en n'eft pas de mefme des Chevaliers qui en font les Seigneurs, on en trouve par tout; & il faut avoüer que ce font les Guerriers les plus terribles qui foient dans le refte du monde. Malte eft un feminaire où on éleve la plus brave jeuneffe de la terre, choifie dans les familles les plus nobles & les plus illuftres de la Chreftienté. Ces gens là ne fçavent ce que c'eft que la peur; & ils fe font impofez la neceſſité de vaincre ou de mourir dans les combats, où ils ſe trouvent ; auſſi viennent-ils à bout de tout ce qu'ils entreprennent, & avec le peu de vaiſſeaux qu'ils ont ils font trembler la Grece, la Trace, le Peloponeſe, & tout l'Archipelle avec les mers de Levant, & l'Affrique même. Ils portent une croix d'or ſur l'eſtomach, qui eſt toujours trempée dans le ſang des Fidelles Muſulmans. Fais éclipſer pour ainſi dire cette Religion impie, en oppoſant l'argent ſacré de la Lune Ottomane au feu d'un ſi petit nombre de Chevaliers. Mon zele m'oblige à te dire des choſes qui te feront peut-être de la peine, & que tu ſçais peut-être auſſi bien que moy ; mais je ſuis

persuadé que tu seras toujours
le vainqueur de ces Pirates,
pourveu que tu te resolves une
fois à tirer tout de bon ton ci-
meterre, & jetter le fourreau.

Ce Roy-cy se porte bien,
il dit publiquement, quand il
apprit la victoire des Maltois,
que s'il n'estoit point Roy, il
voudroit estre Chevallier de
Malte, c'est asseurement l'élite
de la meilleure noblesse des
Chrestiens. Tu auras plus de
gloire, & on t'élevera plus de
Trophées qu'on ne fit à Aria-
demus, & à Cigala, si tu détruis
bien-tost cette puissance. Je
souhaitte que nostre S. Profe-
te fortifie ton bras, & que le
grand Dieu te rende éter-
nellement agreable à nostre
puissant Empereur qu'il a

choisi pour estre le premier Empereur de la terre.

*A Paris le quinziéme de la troisiéme Lune de 1641.*

# LETTRE

## LXXV.

### A l'Invincible

### VISIR AZEM.

Une femme illuſtre de la maiſon de Savoye gouvernoit n'aguieres en Portugal au nom de Philippe quatriéme Roy d'Eſpagne. On la nomme Margue-rite ; elle faiſoit ſa reſidence ordinaire à Lisbone, mais cette Princesse avec le titre de Vice-Reyne n'avoit pas le credit ni l'authorité qu'il falloit pour en soutenir la dignité, quoy qu'elle eust d'ailleurs toute la prudence & le courage necessaire pour bien gouverner.

Michel Vasconcelli son premier Secretaire ayant usurpé toute l'authorité, gouvernoit avec beaucoup de hauteur, & joignoit à cette mauvaise qualité une avarice qui n'estoit pas moins nuisible à la réputation de sa Maitresse : & le marquis de la Puebla Ministre Castillan, devenu complice de Vasconcelli s'estoit établi dans cette Cour en Senseur fort rigide pour obferver toutes les démarches de la Vice-Reyne.

Les Chrestiens appellent ces deux hommes deux Pedants qu'on avoit donnez à la Princesse, comme si elle avoit été encore en minorité, pour la corriger, & regler ses actions.

La trop grande authorité de ces deux Ministres devint enfin une espece de tirannie. La noblesse se plaignoit de voir ses privileges abolis, & le peuple d'estre aceablé d'imposts; ce qui fit paroistre insupportable le ministere du Vasconcelli, où l'on connut bien que la Vice-Reyne n'avoit point de part. Cette Princesse n'ayant pas la force d'arrester le cours des maux qui commençoient à croiſtre , en donnoit avis à la Cour d'Eſpagne , & en attendoit les remedes ; mais ſoit que le Roy ne fuſt pas en état d'en donner , ou que ſes Miniſtres luy cachaſſent l'état des choſes : le mal augmenta de beaucoup , & les amis du Vaſconcelli , en l'excuſant, firent qu'il y eut en ſuite de l'impoſſibilité à y remedier.

Quand Marguerite repreſentoit le danger où eſtoit le Portugal : on la traittoit de femme foible & credule , & ſouvent on l'accuſoit d'avoir trop de timidité , ce qui a cauſé une revolte generale dans ce Royaume , qu'on a eſté peu de jours à concerter , & qui a eſté executée en tres peu d'heures.

Si

Si tu veux bien écouter ton humble efclave , je te conterai toutes les circonftances , d'un fi grand évenement, qui paroiftroit une fable , fi nous nous en raportions à la feule raifon , mais qui eft une Hiftoire veritable , connuë aujourd'huy de toute l'Europe.

Jamais il n'y eut une haine fi grande entre deux Nations que celle qui eft entre les Efpagnols , & les Portugais , & bien qu'elles ayent une mefme Religion , & prefque une mefme humeur , on a peine à concevoir jufqu'où va leur mutuelle averfion.

Il y a un proverbe ordinaire dont fe fervent les Portugais , qui dit que l'homme eft

H

obligé de traitter & d'aimer un
autre homme comme son frere sans excepter les Turcs,
les Juifs, les Payens, les Mores, & les peuples les plus
barbares, & quand mesme,
adjoute-t'il, il seroit Espagnol.

Ils ont vescu avec beau-
coup de patience sous la domination de Philippe Second
& de ses Successeurs, depuis
la mort de leur Roy D. Sebastien qui fut tué en Affrique dans une Bataille contre
les Mores, tandis qu'on leur
a laissé joüir des privileges
qui leur furent accordez
quand on leur imposa un nouveau joug. Outre qu'ils at-
tendoient toujours le retour
de leur souverain, qu'on a

voit publié n'eftre point mort
dans la Bataille , & qui apres
avoir été long-temps errant
dans des païs differens , devoit enfin retourner ; mais l'e-
xemple des Catalans les a fait
à la fin refoudre à ce qu'ils
viennent d'executer. La Nobleffe a efté la premiere à donner le branle à la revolte , &
à rompre cette barriere , que
le refpect met d'ordinaire entre le Souverain & fes fujets.
Ils ont allegué plufieurs pretextes de leur rebellion ; mais
celuy qui étoit le plus fpe-
cieux , a été de ne vouloir pas
être facrifiez dans des guerres
injuftes , où on leur donnoit
les emplois les plus perilleux ,
comme ils l'ont reproché au
Comte Duc Miniftre Favor;

du Roy Philipe quatriéme.

Ils ont d'abord pratiqué
leurs intelligences avec beaucoup de fecret, & quand ils
font venus à fe déclarer, les
plus puiffants ont confenti à
la confpiration, & ceux qui
ont efté les plus hardis l'ont
executée avec beaucoup de
marques de valeur.

Dom Juan Duc de Bra-
ganze eft le premier Sei-
gneur de ce Royaume, &
peut-eftre de toute l'Efpagne,
& déja dans l'âge où les hommes ont accouftumé d'avoir
en mefme temps la fageffe,
& la vigueur du corps, il a
l'efprit fouple & des manieres douces & infinuantes : il
a receu la Couronne, aprés
avoir efté long-temps preffé

de la prendre, & il eſt encore digne de l'avoir, parce
qu'il en eſt le legitime heritier.

Le Comte Duc eſtoit aſ-
ſez informé du credit, & de
l'authorité du Duc de Braganſe, & le conſiderant comme
un Prince qui pouvoit legitimement pretendre à la Couronne, il s'eſtoit ſervi de pluſieurs artifices pour le faire
ſortir de Portugal, ou pour
l'arreſter priſonnier. Mais
l'ayant toujours tenté vainement, ſoit à cauſe de la vigilance extraordinaire de D.
Juan, ſoit parce que le Ciel
d'où deſpendent les choſes
d'icy bas en avoit autrement
ordonné, il fut impoſſible à
ce Miniſtre d'avoir une ſi belle proye entre ſes mains.

Ce Miniftre habile a mis
tout en ufage, & s'eft tantoft
fervi de la peau du Renard, &
tantoft de la voix du Lion,
pour faire reuffir fes deffeins.
Il avoit voulu l'attirer à la
Cour, en luy offrant les emplois principaux, & luy perfuader d'accompagner le Roy
Catholique en fon voyage de
Cathalogne. Mais le Duc
fçeut fe deffendre des pieges
qui luy eftoient tendus, & fe
retirer à propos à Villa-Vi-
ciofa, lieu où il faifoit fon fe-
jour ordinaire, & d'où il s'excu-
foit d'aller à Madrid, tantoft
fur ce qu'il n'avoit pas dequoy
fournir à la dépenfe qu'un
homme de fa forte eftoit obligé de faire dans un pareil
voyage, & tantoft fur d'au-

tres pretextes, dont le Comte Duc eftoit obligé de paroiftre fatisfait. Il ne l'eftoit
pourtant pas, & il feignit pourtant d'être perfuadé, pour mettre en ufage le trait de politique le plus fin dont il s'eft jamais fervi.

Il luy envoya quarante mil
piftoles pour racommoder fes
affaires, & en mefme temps
il luy envoya auffi le commandement general des troupes de Portugal, avec ordre
de s'aprocher de Lifbonne,
& comme Connétable du
Royaume, de veiller aux démarches des Provinces unies,
qui ménaçoient avec une flot-
te puiffante l'Efpagne, & le
Portugal; mais il avoit envoyé auffi l'ordre fuivant à D.

Lopes d'Offio. Tu as le commandement de l'armée de mer ; rends toy promptement à la veuë de Lisbone. Dom Juan de Braganse a ordre de faire la visite des Vaisseaux, aussitost qu'il sera entré dans le premier Galion, mets le dans les fers, & parts aussitôt avec ce prisonnier que tu meneras à Cadis, où je feray trouver des gens pour le conduire à Madrid.

Dom Lopes ne put pas executer sa commission, son armée s'étoit perduë dans les mers d'Angleterre, & il étoit écrit dans le Ciel que Dom Juan vivroit & qu'il seroit Roy. Cet artifice ayant manqué au Comte Duc, il eut recours à un autre, qui fut d'envoyer

d'envoyer un commandement
au Duc de Braganze, pour
visiter les places fortes de la
frontiere, où il y avoit des
ordres tres precis de l'arrester;
mais s'estant apperceu du projet du Ministre Espagnol, il
sçeut si bien s'excuser de recevoir cet employ qu'il fit
encore une fois évanoüir les
desseins qu'on avoit contre sa
personne, & fit si bien qu'on
luy permit encore une fois de
se retirer à Villa-Viciosa. Ceux
qui ne penetroient pas les artifices de la Cour d'Espagne
s'étonnoient de ce qu'on ac-
cumuloit tant d'honneurs &
de dignitez dans la personne
du Duc; & ils soutenoient
qu'on avoit envie de l'élever au Throne, ou de le faire

mourir, & ils ne se trom-
poient pas.

L'Olivarez qui ne perdoit
aucune occasion de tendre
quelque piege à Braganze s'y
obstinoit d'autant plus qu'il y
rencontroit des difficultez. Il
luy envoya un nouvel ordre
de lever des troupes, & de
les mener luy-mesme en Catalogne, pour y chastier les
rebelles, ce qui estoit absolument necessaire, disoit-il,
dans ses Lettres, pour souste-
nir la Monarchie d'Espagne,
à qui la revolte de cette Province causoit un grand dommage.

Le Duc obeït en partie, il
mit sur pied un nombre de
troupes considerable, qu'il
leva mesme à ses dépens; mais

il mit fa perfonne en feureté.
Il écrivit à la Cour pour s'excufer de faire le voyage : il
ajoûta à fes excufes des prieres tres humbles , & tres pref-
fantes, il reprefenta qu'eftant
rebuté du commerce du monde il s'eftoit retiré dans fes
terres pour y mener une vie
tranquille éloignée de tout
embaras , ce qui l'obligeoit
à fupplier fa Majefté Catholique de luy accorder le repos qui eftoit tout ce qu'il
fouhaittoit. La Lettre du
Duc de Braganze n'attira
point de réponfe du Miniftre
d'Efpagne ; mais fes deffeins
furent découverts , & la Nobleffe qui prevoyoit qu'elle
fe verroit foumife à une domination plus puiffante, com-

mença à murmurer, & à di-
re qu'il faloit se deffaire des
anciens voleurs qui les pil-
oient depuis si long-temps,
& establir une nouvelle forme de gouvernement : les
pauvres qui se sentoient le
plus de l'oppression estoient
les plus hardis , & encoura-
geoient les autres , quelques-
uns proposoient qu'on établist
un Roy electif , & d'autres
qu'on mist sur le Throne la
maison de Braganze qui estoit
seule digne de cet honneur ;
il y en eut qui souhaitterent
qu'on se mist sous la domination de la France ; & il y eut
des gens accreditez parmi le
peuple , qui proposerent le
gouvernement democratique,
& quelques - uns , proposerent

de faire de ce Royaume ur
République.

La Noblesse estoit dan
l'embarras du choix du par
qu'elle avoit à prendre , & n
sçavoit mesme si le Duc d
Braganze recevroit la Couron
ne en cas qu'on luy offrist
on luy avoit en vain propos
plusieurs fois , de la recevoi
quoy queles plus habiles gen
de robe & d'épée eussent est
ceux qui luy en avoient fait l
proposition : & il n'y eut que D.
Gaston Cattique Gentil-homme aussi éloquent que brave ,
que le Ciel avoit destiné pour
persuader ce Prince, qui en vint
à bout: il feignit de se battr
en duel avec un neveu qu'il
avoit , & l'ayant legerement
blessé , il sortit de Lisbonne ,

I iij

comme un homme qui s'y trouvoit en peril ; & de là ayant paru errer en plusieurs lieux, incertain de la retraitte qu'il vouloit choisir : il alla enfin à Villa-Viciosa, où ayant trouvé le Braganze dans sa solitude, il luy parla ainsi.

*I'apporte aujourd'huy une Couronne que la Noblesse de Portugal te presente ; & si tu as le courage de la recevoir, nous sommes tous prests à la mettre sur ta teste. Ce Royaume t'appartient comme estant le veritable heritier de nos Princes naturels & legitimes ; si tu acceptes la Couronne, le Royaume t'apartient justement; & si tu n'oses la recevoir, nous choisirons un autre Souverain, qui aura plus de resolution, & qui voudra bien nous commander. Le*

Sceptre branle dans la main du Roy Philippe à cause des guerres qu'on luy fait de toutes parts, songes que si tu ne reçois presentement ce que la fortune te presente : *tu seras peut-estre obligé malgré toy d'obeïr à un autre* : la noblesse, le Clergé ni le peuple, ne veulent plus souffrir l'arrogance des Castillans. C'est à toy presentement à déclarer si tu veux regner, & tu seras un Roy heureux & pacifique. Tous les fidelles Portugais respirent aprés toy, & te veulent pour souverain : songe à prendre un parti qui t'est si avantageux, & nous laisse le soin de l'execution.

Dom Juan répondit froidement à une proposition si hardie, plus épouvanté du peril qu'il y avoit dans une

I iiij

tel e entreprife qu'il |n'eftoit
flatté de l'efperance de poffeder un Royaume.

Mais dans une autre confe-
rence , où on dit hardiment
au Duc que les conjurez é-
toient réfolus d'élever fur le
Thrône un autre Roy, s'il ne fe
refolvoit promptement d'accepter les offres qu'on luy faifoit : la Duchefle fa femme
qui a le courage d'un homme , & qui eft plus hardie que
luy , eftant entrée dans la converfation , elle luy parla avec
beaucoup de courage dans les
termes fuivants.

*Seigneur, le Roy Catholique
t'appelle à la Cour , en allant à
Madrid , tu cours à une mort affurée, & en revenant la Couronne qu'on te prefente tu es encore*

en danger de mourir : mais si tu
dois perir, quelque party que tu
prennes, ne t'est il pas plus glorieux de mourir Roy dans ta patrie, que de traisner des fers pour
mourir en prison par les ordres de
ton ennemi ?

Un discours si courageux fit
resoudre D. Juan ; & il ordonna qu'on asseurast la Noblesse qu'il estoit prest d'accepter la Couronne qu'elle
luy venoit d'envoyer offrir.

Les conjurez furent prests
à l'heure qu'ils avoient prise
pour l'execution de leur dessein. Ils estoient tous bien
armez, & chacun d'eux é-
toit accompagné d'un bon
nombre de jeunes gens qui
les devoient suivre, quoyqu'ils
ignorassent ce qu'ils avoient

à faire. Dés que le signal fut donné ils partirent tous des lieux où ils eſtoient aſſemblez, les plus éloignez joignirent bien-toſt les plus proches, & tous enſemble ſe mirent bien-toſt en poſſeſſion du Palais de la regente : ils ſe rendirent d'a-bord maîtres de la garde, n'y trouvant point de reſiſtance, & cela ſans répandre de ſang, & ſans faire de violence ; ils crierent enſuite tous enſem-ble, vive le nouveau Roy D. Juan de Braganze, & meurent ceux qui gouvernentmal. Ils arréterent la Vice-Reyne, & la prierent de ſe retirer dans un apartement où elle ſeroit traitée avec le reſpect deu à une Princeſſe, mais non pas obeïe comme ayant l'authorité de leur commander.

Le Vasconcelli qui se sen-
toit coupable, & à qui sa
conscience reprocha ses crimes dans ce moment se ca-
cha dans une grande armoire
sous un monceau de papiers,
où ayant esté découvert par
une vieille femme, il fut aussi-tost égorgé, & son corps
fut jetté par les fenestres, où
il servit pendant quelques
heures de joüet au peuple,
qui ne laissa aucune partie de
son corps qui ne reçeust
quelque marque de son indignation.

Un des domestiques de ce
Ministre, se jerta par les mêmes fenestres qu'on avoit jetté son maistre, non pas à dessein de suivre sa destinée,

mais pour se sauver, & il mourut sans qu'on pust connoistre
si ce fut de sa cheute, ou
des coups d'arquebuse qu'on
luy tira.

Les confederez n'eurent pas
plus de peine à s'assurer des
Gallions & des autres Vaisseaux dans les ports, d'où ils
chasserent tous les Espagnols:
ils commanderent ensuitte à
la Vice-Reyne de se retirer.
Cette Princesse crut en cette
occasion se devoir prevaloir
de la gloire de sa naissance; elle menaça les conjurez, ensuitte elle les flatta, elle les
asseura de la clemence du Roy
Philippe, elle leur represen-
ta la grandeur de sa puissance, & n'oublia pas à leur parler de l'authorité de son fa-

vori, qui eſtoit bleſſée en cette occaſion : elle exagera enencore l'offenſe qu'on luy faiſoit, & comme Princeſſe, & comme dépoſitaire du pouvoir du Roy Catholique. Mais ce fut en vain qu'elle ſe mit en colere, en vain elle s'efforça de faire changer des gens qui eſtoient trop avancez pour retourner en arriere : elle fut elle-meſme forcée de s'appaiſer, & de demeurer ſans pouvoir : elle qui quelques inſtants auparavant aidée du ſecours des loix, & appuyée de la faveur du Souverain pouvoit exercer un pouvoir abſolu.

Il n'a falu que huit jours pour mettre à la raiſon, ou chaſſer tous les Caſtillans du

Royaume. Toutes les Forte-
resses se sont renduës sans peine au nouveau Roy , hormi le
Chasteau de saint Jean , qui a-
prés avoir fait quelque legere resistance a esté vendu quarante mille écus par le Gouverneur.

Le Duc de Braganze pa-
rut incontinent aprés dans la
Ville de Lisbone, où le peuple
fit bientost voir l'affection qu'il
a pour luy : les pauvres prison-
niers furent mis en liberté , &
on osta une grande partie des
imposts. Un succez si éton-
nant a esté suivi de tout ce
qui pouvoit faire éclater la
joye des peuples , qui en so-
lemniserent la feste par le bruit
des trompettes , & des canons
& par des cris pousséz jusqu'au

Ciel, que les Portugais remercioient de la liberté qu'ils croyoient avoir recouvrée. Cet evenement a esté accompagné de tant de choses miraculeuses, que les vulgaire aussi bien que les plus sages a esté persuadé qu'il avoit esté marqué dans le Ciel de toute éternité par le doigt de Dieu. Le Clergé, la Noblesse, les Bourgeois & le Peuple ont prodigué leur bien en cette occasion, pour donner au nouveau Souverain des marques de leur zelle, & de leur affection, & les pauvres mesme ont caché leur misere pour avoir part à la joye publique, & n'estre pas les seuls qui ne fissent des pas presens à leur Prince.

Les Navires Espagnols qui

retournoient du nouveau monde, qui font entrez dans ce temps-là dans les Ports de Portugal font demeurez au pouvoir du nouveau Roy, les Pilotes n'ayant rien fceu de ce qui eftoit arrivé, & l'on dit qu'on a rempli les coffres du Prince de plufieurs millions qu'on a pris fans refiftance aux Efpagnols.

Ce Roy a efté élevé fur le Thrône dans la Lune de Decembre de l'année derniere, les fages font perfuadez qu'il regnera heureufement, toutes les planettes eftant trop bien difpofées pour ne luy pas faire achever fon Regne avec la mefme fortune qu'il le vient de commencer.

Les vigilans Portugais ont envoyé

envoyé avec des ordres bien concertez, des Vaisseaux, des soldats braves & bien choisis avec toutes les provisions nécessaires pour se rendre maîtres des places, & des ports que cette Nation possede dans le nouveau monde & dans l'Orient : & il est à croire qu'ils viendront à bout des choses pour ainsi dire impossibles, si la fortune leur est aussi favorable dans l'Amerique & dans les Indes qu'elle leur a esté dans l'Europe.

Aussi-tost que le Duc de Braganze a esté proclamé Roy il a envoyé des manifestes de tous costez, & a dépesché des courriers, & des Ambassadeurs, pour donner avis de son élevation dans les Cours de Fran-

K

ce, d'Angleterre, & aux Etats d'Holande, en Suede, & en Dannemark.

On ne sçauroit dire la joye que cette avanture a donné aux Catalans : le Roy en leur donnant part de ce qui luy venoit d'arriver leur a aussi offert son secours, & ces peuples, luy ont répondu par les mêmes offres, & voila la fin de soixante-trois ans d'authorité despotique que les Espagnols ont exercée sur les Portugais.

La nouvelle d'une si étrange revolution ayant esté portée par des courriers fort diligens à Madrid : écoute, & fais reflexion sur la malheureuse condition du Roy Catholique, en apprenant de quelle maniere son favori luy annonça cette nouvelle ?

*Sire*, luy dit le Comte Duc
ſon premier Miniſtre , *je
viens de me réjoüir avec voſtre
Majeſté de la bonne nouvelle que
je luy apporte, V. M. devient
aujourd'huy Maitreſſe d'un Duché conſiderable. Dom Iuan de
braganze ayant eu la hardieſſe de
ſe faire proclamer Roy de Portugal, eſt tombé dans le crime de
leze Majeſté , tout ſon bien vous
appartient, ſa fellonie le rend con-
fiſcable, & devolu à voſtre Couronne , & ſa perſonne ſera bien-
toſt en voſtre pouvoir.*

Dom Juan eſtoit fils de
Theodoſe Duc de Braganze ,
petit fils de Donna Cathari-
na , qui eſtoit fille de Dom
Duarte frere de Henry Roy
de Portugal , & Philippe ſe-

cond Roy d'Espagne osta la Couronne à cette Catherine à qui on asseure qu'elle appartenoit legitimement.

Les titres qu'il prend sont de Roy de Portugal, des Algavres, de l'Affrique de deçà & de delà de mer, Seigneur de Guinée, de la navigation & du commerce d'Æthiopie, de l'Arabie, la Perse & des Indes.

Ce nouveau Roy n'a pas plus de trente sept-ans : il est d'une mediocre taille ; mais d'ailleurs bien proportionnée, le visage marqué de la petite verole, il a les cheveux tirans sur le blond cendré, la barbe négligée, le front grand, les yeux vifs, le nez aquilain, la bouche mediocrement

grande , & la voix mafle : il
marche gravement , il affecte
beaucoup de modeftie dans
fes habits , il eft fobre dans
fon manger , il eft affable avec
toutes fortes de perfonnes
hors avec les efclaves , &
ceux qu'il croit des hipocrites;
& il dit ordinairement qu'un
habit quelque mediocre qu'il
foit fuffit pour garantir du
froid , & que les mets les
plus fimples fuffifent aufli
pour appaifer la faim.

Ce Prince n'a pas beaucoup
de connoiffance des livres , il
a une forte fanté , il aime le
travail , & principalement la
chaffe , où il eft infatigable :
on luy remarque affez d'inclination à la mufique , & il
eft fi leger à la courfe , qu'il

y a peu de gens qui l'y puiſſent paſſer. Il eſt accoutumé
à ſe coucher fort tard, & à
ſe lever matin, perſuadé que
le ſommeil retranche beaucoup de la vie de l'homme ;
& pour comble de bien, il a
des enfans de l'un & de l'autre ſexe, & il a une femme
Eſpagnole d'un merite ex-
traordinaire, au courage,
& aux merveilleuſes qualitez
de qui, il doit la Couronne.

Le Royaume de Portugal
a ſix vingt lieuës de longueur
ſur quarante de largeur, & il
a pluſieurs millions de ſujets
en comprenant ceux qui ſont
dans les places de l'une & de
l'autre Inde : il a trois Arche-
veſchés & huit Eveſchés : il
entretient d'ordinaire qua-

rante Vaiſſeaux , & il a huit
ports de mer: il peut entretenir
trente mille hommes de pied,
& pluſieurs regimens de ca-
valerie , ſon revenu ſe peut
monter à vingt millions d'or ,
en y comprenant les richeſſes qui viennent des Indes ,
du Breſil , d'Angola , & de
pluſieurs autres Iſles.

Le Monarque de la France
ne manquera pas d'entretenir
une bonne intelligence avec
la Maiſon de Braganze, l'Angleterre fera alliance avec elle , le Pape ne prendra point
de party, l'Empereur uni par
le ſang & par l'intereſt aux
Eſpagnols , en ſera ennemi
irreconciliable , mais impuiſ-
ſant , & les Etats de Holande trouveront mieux leur

compte que tous ces autres
à cette étrange revolution.
Ce sont les sentimens de ceux
qui pretendent penetrer dans
l'avenir, & d'en sçavoir plus
que les autres ; & s'il est vray
que ce nouveau Souverain ait
eu, comme auroient eu tous
les autres hommes en sa place,
une envie secrette d'estre
Roy : il a sçeu si bien cacher
son ambition qu'il est à croire que ce sera un Prince tres
judicieux, qui sontiendr a son
authorité plus par sa sagesse
& sa prudence que par la force. Que le juste Dieu coupe
le cours de ses mauvais desseins, s'il avoit un jour le
courage & l'envie de vanger
la mort de son predecesseur
Dom Sebastien sur les Fidelles

les Musulmans de l'Affrique.

Tu verras invincible Visir le fidelle & respectueux Mahmut toujours prest à executer les ordres que tu luy donneras pour le service de l'Empire, & prest à obeïr aux moindres signes de ta main victorieuse, jusqu'à la mort soit naturelle, ou forcée.

*A Paris, le quinziéme de la troisiéme Lune de 1641.*

III. Partie.                    L

# LETTRE

## LXXVI.

### A

### ENGVRLI EMIR MEHEMET CHEIK
*Homme de Loy.*

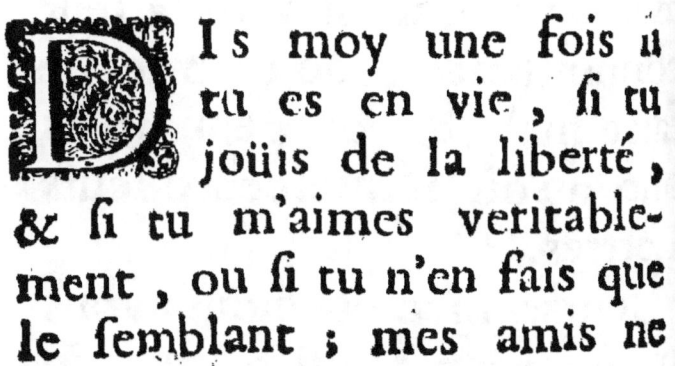

Is moy une fois ü tu es en vie, fi tu joüis de la liberté, & fi tu m'aimes veritablement, ou fi tu n'en fais que le femblant ; mes amis ne

font point réponfe à mes Lettres, ce qui fait que je fuis
dans une ignorance incroyable de toutes chofes. Je ne
fçay que par conjecture celles qui font tant foit peu
douteufes, & celles qui font
affeurées ne peuvent icy eftre
fçeuës au vray comme elles
font , pour y eftre racon-
tées fuivant la paffion des
gens. Il n'y a perfonne
qui oze m'écrire librement,
ce qu'il penfe , & il y en a
peu qui veuillent m'informer de ce qui eft venu à leur
connoiffance , de crainte de
faire mal , & de peur qu'ils
ont qu'on n'intercepte leurs
Lettres.

Je fçay bien que nous avons
un nouveau Maiftre , mais je

ne fçay point fi l'on croit qu'il
fera plus propre au Gouvernement qu'Amurat, & je ne
puis deviner s'il aura autant
de courage, & s'il aimera autant la Guerre que luy. Le
Chaou qui eft arrivé depuis
peu dans cette Cour de France fait le politique avec moy,
& me fait miftere de tout.

Amurat eft mort, ceux qui
difent qu'il eftoit cruel ne laif-
fent pas de publier qu'il eftoit
le plus adroit, le plus vaillant,
& le plus bel homme de fon
Empire. Les Chrêtiens fõt fols
de ne vouloir pas comprendre la que maxime la plus affeurée à nos Monarques, pour
regner avec authorité, &
avec une entiere feureté, eft
de fe faire craindre, & de ne

pas balancer à répandre le
fang de ceux qui les fervent
mal, qui leur font fufpects,
ou qui leur peuvent nuire.
Ces troupes de muets qui font
toûjours dans le Serail, prefts
à obeïr au moindre figne de
ceux qui leur donnent des
ordres, maintiennent, accroif-
fent & rendent formidable la
puiffance des Ottomans: & jamais l'Empire ne jouyroit de
la paix, & il feroit dans un
trouble continuel, fi on laif-
foit vivre tranquillement tous
les fils & les neveux de nos
Sultans, & nous aurions tout
un peuple de Princes, que
nous verrions tous fe déchi-
rer les uns & les autres, &
fe ruiner par des guerres civiles, comme on le voit fou-

vent arriver parmi les Chreftiens. D'où vient qu'on pratique cette maxime affeurée,
qu'il faut plûtoft qu'il en coû-
te la vie à des innocents. Que
de ne pas perdre ceux qui peuvent eftre coupables.

Il faut l'avoüer je ne fça-
vois pas qu'Amurat avoit tué
de fes propres mains fa principale fœur. Toy qui fçais
le fecret de cette Tragedie,
eft-il vray qu'il fe porta à cét
excez ; parce qu'elle répondit
avec trop de hauteur à la Sultane fa mere qui luy faifoit
une reprimande fur quelque
amour fecret qu'elle entrete-
noit, fi la chofe s'eft paffée
de la forte elle n'eft pas mor-
te innocente, & j'ay une tres
grande curiofité d'en fçavoir

les particularitez. Mais ne
me parle point de la fin malheureuse qu'ont eû ses deux
freres, Bajazet & Orcan, &
ne renouvelle pas par là une
ancienne affliction. Pauvres
Princes, quel crime ont ils
commis si leur frere regne ?
Roy trop cruel qu'elle inhu-
manité est la tienne puisqu'ils
obeïssoient sans murmurer.
Mais plûtost Amurat a esté
un amant terrible qui domtoit
ses passions par le poignard,
il ouvre encor le sein à la
plus belle de ses Sultanes, &
pourquoy ? Les Chrestiens
luy pardonnent le sang répandu de ses freres, de sa
sœur, du brave Fracardin, de
plusieurs Vizirs, de ses amis,
de tant de Capitaines &

L iiij

d'Hommes Illuftres, mais ils ne peuvent luy pardonner la mort d'une Amante; & ils ne peuvent concevoir qu'un Prince, qu'un Muzulman faffe le bourreau, quand il eft dans un lieu delicieux, où il ne doit fonger qu'à donner à fa maiftreffe des marques agreables de fa paffion. Mais tu me diras peut-eftre qu'elle avoit ozé porter devant luy des fleurs, & des parfums qui venoient de fon frere, il eft vray que c'eft un grand crime que de n'obeïr pas à ceux de qui nous devons recevoir la loy, mais c'eft un crime plus grand que de faire une deffenfe pour avoir occafion de tuer. Ils difent qu'un homme qui fait une pareille action est un monstre, & ce n'est pas moy qui parle de la sorte.

Apprens moy ce que fait le nouveau Sultan Ibrahim, & fais moy sçavoir quelles seront ses inclinations. Il paroist qu'il est encore comme imbecille, qu'il n'a point de santé, & qu'il est encore tout étourdi de sa longue prison, quelle nouveauté a produit son entrée à l'Empire, sera-t'il sanguinaire comme son frere, ou sera-t'il liberal, & bon ?

Parle moy une fois, cher ami avec ouverture de cœur, & sans me rien déguiser, & découvre moy si ce Prince a du penchant pour l'amour. Je fais cas des Princes tendres, lorsqu'ils aiment ils sont

d'ordinaire humains , & cette paſſion les adoucit quelque cruels qu'ils puiſſent eſtre,
les rend liberaux , & leur
donne de l'horreur pour l'a-
varice, ce monſtre infame qui
obſcurcit, & feüille ſouvent
les plus belles qualitez des
grands. Combien de gens y-a-
il occupez à choiſir des belles
perſonnes pour mettre dans
le Serail , afin de contribuer
aux plaiſirs d'Ibrahim ? heureuſe ſera la plus belle perſonne de l'Aſie; mais la fortune en decidera peut-eſtre,
& les yeux de ce nouveau
Monarque ſeront faits comme ceux des autres hommes
qui ne ſont pas ſouvent touchez des plus grandes beautez , ce qui fait que nous

avons souvent veü dans le Serail de nos Empereurs des
Dames qui surpaſſoient en
charmes toutes les autres , &
qui ſont mortes vierges , &
negligées de ceux aux plaiſirs
de qui on les avoit conſacrées.

La Chaous m'a appris ſeu-
lement qu'on voit ſouvent
Ibrahim à cheval par la Ville , & qu'il paroiſt devoir ê-
tre un Prince juſte & cle-
ment , & qu'il a deſſein de
faire premier Viſir le berger
Huſſein , celuy qui a eſté ſi
long-temps le compagnon
de ſa priſon. On dit qu'il
s'occupoit ſouvent à divertir
Ibrahim , quand il eſtoit priſonnier , en joüant ſous ſes fe-
neſtres d'un inſtrument cham-

peſtre, & luy faiſant des diſ-
cours ſans art & fort naturels
de ce qu'il faiſoit quand il
gardoit des troupeaux. Il a
dit auſſi qu'il alloit ſouvent ſe
promener ſur le canal de la mer
noire pour prendre l'air, &
joüir de cette liberté dont il
a eſté ſi long-temps privé. Ils
aſſeurent qu'il eſt fort appli-
qué à la lecture des livres
grecs, & qu'il goute ſur tout
la lecture de Xenophon, &
de Plutarque, qu'il eſt fort
attaché à ſa Religion, ſans
s'attacher neanmoins aux ſu-
perſtitions des plus devots de
noſtre Loy, qui veulent que
nos Souverains ſoient ennemis
implacables des Chreſtiens.
Si c'eſtoit une choſe neceſſaire au ſalut de perſecuter une

Religion contraire à la noſtre,
& que nous en fuſſions meilleurs , combien de juſtes qui
meurent ſans l'avoir fait, mou-
roient ſans merite. Il me paroiſt que la veritable ſainteté
conſiſte à faire du bien par
un eſprit de charité , & à n'a-
voir point d'ennemis : & pour
cela il eſt expedient de pardonner à ceux qui ont voulu l'eſtre.

Les Infidelles avec qui je
vis preſentement pour le ſer-
vice de l'Empire, dont je ſuis
ſujet , ſe vantent d'obſerver
exactement cette maxime qui
eſt un des preceptes de leur
Religion , & ils ſont heureux
s'ils le font. Mais dis moy ,
crois-tu que noſtre Empereur
ne puiſſe avoir d'enfans com-

me on commence déja à le
publier, & mesme qu'il ne
peut vivre long-temps ? ce ne
sont pas les gens oisifs qui
s'entretiennent de ces choses-
là, ce sont ceux que leur in-
tereft oblige à sçavoir qui
doit en eftre le succeffeur, &
ceux qui paroiffent les plus
éclairés veulent que ce soit le
Roy des Tartares Precopes,
& qu'on en doive exclure ceux
de la race de Mula Honkiar.

Cette race eft veritablement
illuftre ; mais tout le monde
n'en sçait pas l'origine. Le
Chef de cette famille defcend
de Tamerland, tu sçais le refte, & je ne veux pas difpu-
ter de genealogie avec toy.

Tout ce qui se passe icy-
bas eft si incertain que tu pour-

ras m'accufer d'imprudence de difcourir fur des chofes auffi éloignées , & en effet qui peut fçavoir à l'heure qu'il eft fi Ibrahim n'eft pas déja pere , ou en eftat de le devenir. Prie le Dieu qui difpofe des Thrônes, qui fait durer les races , ou qui les fait finir , merite aupres de luy par les jeûnes & les Oraifons, & demandes-luy qu'il me faffe la grace de vivre fans crime, & de mourir dans l'innocence , afin que je puiffe entrer avec toy dans le Ciel , y joüir de ces biens incomprehenfibles qui font refervez aux Fidelles.

Aime moy , quoyque je fois éloigné , & donne-moy des marques de ton amitié ,

en dérobant quelques mo-
mens de tes occupations pour
me l'écrire.

*A Paris le vingt-cinquième*
*de la quatriéme Lune de 1641.*

# LETTRE
## LXXVII.

### AV

### VENERABLE MVFTI,
### Prince de la Religion
### des Muzulmans.

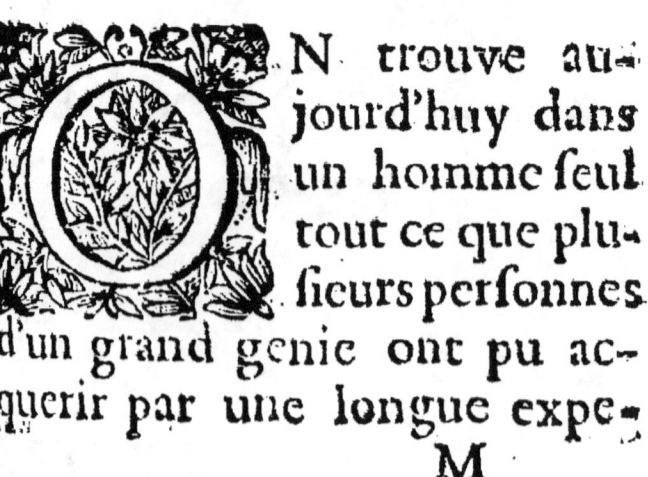

ON trouve aujourd'huy dans un homme seul tout ce que plusieurs personnes d'un grand genie ont pu acquerir par une longue expe-

M

rience , & cet homme eſt
le Cardinal de Richelieu, dont
tu connois la réputation : il
eſtoit comme toy deſtiné aux
affaires de ſon Egliſe, & con-
ſacré à la Religion ; mais il
n'en eſt pas ſi fort occupé ,
qu'il ne s'applique avec beaucoup de ſoin aux affaires du
monde ; & c'eſt luy, qui ſous
l'authorité du Roy ſon Maître , gouverne l'Empire des
François. Je t'obeïs venerable Pontife , tu m'as ordonné de t'informer de ce que
fait de plus particulier ce
Preſtre ſi fameux , mais je ne
te diray pas beaucoup de choſes là-deſſus : car il n'eſt pas
poſſible d'en ſçavoir beaucoup. C'eſt le plus adroit ,
& le plus ſecret politique qui

vive dans les terres des mé-
creans. Le fameux Grec Li-
zandre ne fut jamais si fin, &
Tibere ne fit point voir à Rome tant de dissimulation, ni
tant de penetration que luy,
non pas mesme pendant
qu'il songeoit à éloigner ses
rivaux, & à oster tous les ob-
stacles qui pouvoient l'empêcher d'arriver à l'Empire. Il
interprete tous les doutes qui
peuvent arriver dans sa Reli-
ligion : il resout les difficultez, il est maistre des chasti-
mens : il dispose des récom-
penses, & le Roy qui connoist
son habileté & son zele luy
laisse la conduite de son
Royaume & de ses peuples,
qu'il gouverne & mene comme Jacob conduisoit les trou-

M ij

peaux de Laban. Il ne manque à ce Cardinal que l'art de ce grand Patriarche pour faire naiſtre les hommes comme il voudroit , de meſme que ce S. Iſraëlite faiſoit naiſtre les brebis.

Il arriva ces jours paſſez un homme d'Allemagne qui s'en alla d'abord au Palais de ce Miniſtre , & luy fit dire par ſon Capitaine des Gardes que la Lettre B eſtoit arrivée. Le Capitaine avoit de la peine à faire à ſon Maiſtre une telle Ambaſſade , & vouloit que l'Alleman luy expliquaſt cette Enigme ; mais il luy dit ſeulement en riant que l'Alfabet du Cardinal êtoit comme le couteau de Delfe qui ſervoit à toutes ſortes d'ufages , & qu'ainfi il n'avoit qu'à dire l'arivée de la Lettre B , & qu'il feroit auffi-toft entendu ; ce qui ne fut pas pluftoft fait , que l'Alleman fut introduit fecretement dans le cabinet de ce Miniftre , & il y fut long-temps en conférence , mais je n'en ay pas pu apprendre davantage.

Que celuy qui d'une feule parole a créé toutes chofes , augmente ta fanté , & faffe que ton authorité toujours adorée foit crainte mefme dans Rome.

*A Paris le vingt-cinquiéme de la quatriéme Lune de 1641.*

# LETTRE

## LXXVIII.

### *A REY EFFENDY,*
*Premier Secretaire de*
*l'Empire Turc.*

 N vient de mapprendre une avanture qui est neanmoins arrivée il y a déja quelques jours; mais on traitte presen-

tement toutes chofes en France avec tant de fecret, qu'il eft prefque impoſſible de les penetrer avant qu'elles deviennent publiques.

On a arreſté icy dés la Lune derniere de Janvier certains fcelerats en habit d'Hermites qui vouloient affaſſiner le Cardinal de Richelieu.

Ces miferables ont avoüé devant les Juges auſſi-toſt qu'ils ont eſté appliquez à la queſtion qu'ils vouloient donner la mort au Favori du Roy, parce qu'il n'eſtoit pas des amis, & ne plaifoit pas au Duc de Vandofme, qui eſt fils naturel du feu Roy Henry le Grand. Cette avanture a furpris la Cour, & chacun y a pris parti fuivant fon in-

clination ou son interest. Les
amis du Duc de Vandosme
s'étoient declarez contre le
Cardinal & les Partisans du
Ministre ont fort exageré la
noirceur de l'attentat pour
rendre la famille de ce Prince plus odieuse , & rele-
ver encore la gloire du Richelieu. Mais le Duc de
Mercœur fils du Duc de Vandosme estoit aussi-tost allé à
Paris avec le Duc de Beau-
fort son Frere. Le premier
incognito pour consulter ses
amis , & l'autre pour se pre-
senter au Cardinal afin d'obtenir que leur pere peust se
justifier devant le Roy de
l'accusation qu'on luy faisoit.

Le petit fils de Henry le
Grand a depuis desiré d'estre
confronté

confronté aux Hermites , & il l'a obtenu ; mais on a efté eftonné d'apprendre en mefme temps qu'il eftoit paffé en Angleterre , & on n'en peut pas encore bien découvrir le miftere.

Il y en a qui difent qu'il a mal fait , & d'autres foutiennent qu'il n'en pouvoit ufer autrement , & qu'il ne pouvoit honneftement s'expofer à une confrontation avec des miferables déja refolus à faire une mauvaife action.

Cependant on a fait mourir publiquement les Hermites , & on ne fçait point encore qui font leurs complices , & s'il y a des gens de marque , qui ayent eu part à la conjuration, qui n'eft pas

*III. Partie.*      N

la premiere qu'on ait faite
contre ce Favori ; & il est à
croire que ce ne sera pas la
derniere ; il a beaucoup d'ennemis, il est impossible qu'il
n'en ait pas tous les jours de
nouveaux : & l'authorité ab-
soluë , avec laquelle il gouverne par la faveur de son
Roy, luy suscitera sans cesse
des envieux qui tâcheront de
ruiner sa fortune, ou de luy
oster la vie.

Si je ne t'écris pas plus
souvent , ta dignité n'en doit
pas estre offensée, & tu ne
dois pas croire pour cela que
mon affection pour toy en
soit refroidie. Mets dans ton
registre ce que je te mande.
Et conserve moy ton amitié,
avec ta protection dans les

choſes juſtes, & ne change point de ſentiment pour moy, tant que je ſeray innocent.

*A Paris le quinziéme de la cinquiéme Lune de 1641.*

# LETTRE

## LXXIX.

### AU

### KAIMAKAM.

**I**ULE Mazarin âgé
d'environ 45. ans
homme d'une foli-
dité de jugement,
& d'une porspicaté d'esprit
incroyable, dont je ne sçay

qui font les parents : mais que j'apprens eftre originaire de Sicille, & certainement né en Italie, & mefme à Rome, vient de s'introduire en cette Cour. Il a fçeu par fes manieres agreables & par fon bon efprit gagner les bonnes graces, & la confiance du Cardinal de Richelieu, & il commence déja à eftre employé aux affaires les plus importantes. Ceux qui font de ferieufes reflexions fur les affaires du monde ; & qui examinent foigneufement les talens extraordinaires de cet Italien, font perfuadez qu'on en doit attendre de grandes chofes, mais il ne me paroift pas neanmoins qu'on en puiffe faire des jugemens fort affurés.

N iij

Il a déja travaillé en qualité de Plenipotentiaire du
Roy de France en Piedmont,
pour negocier un accommo-
dement entre tous les Princes de la Maiſon de Savoye.
Et il a travaillé avec tant de
bonheur que chacun s'eſton-
ne, que ſes premieres dé-
marches ayent eu un ſi prompt
ſuccez, quand on croyoit
que les haines, & les pretenſions qui ſont entre la
Ducheſſe de Savoye & ſes
beaux freres paroiſſoient un
mal irremediable. Tu te ſou-
viendras bien que les differends de cette Maiſon du-
roient encore, & que je t'a-
vois écrit qu'ils ne pourroient
eſtre decidez que par les armes, qu'il falloit des batail-

les pour les vuider, & qu'enfin ce grand procez ne pouvoit estre jugé qu'aprés avoir répandu beaucoup de sang François & Espagnol. Mais le Mazarin qui est un habille courtisan, & un negociateur adroit a fini cette affaire avec beaucoup de gloire pour le Maistre, au nom de qui il a esté employé, beaucoup de satisfaction des interessez, & du Cardinal qui luy a fait donner sa commission.

Il avoit establi la paix en Piemond, & une union entre les parties, en mettant dans le parti de France deux hommes qui en estoient ennemis, qui sont le Prince Thomas, Capitaine d'une grande reputation, & le Cardinal de Savoye fon frere, homme confommé dans la politique, & brave foldat quoy qu'il foit d'Eglife.

Il eft porté dans le traitté que ces deux Princes feront receus fous la protection du Roy, que fi le jeune Duc meurt fans enfans qui luy fuccedent, & que le Cardinal fe marie, les fiens feront les heritiers des Eftats de Savoye, & au deffaut de ceux-là, les enfans du Prince Thomas.

Il eft encore dit dans le mefme traitté, que l'on fera inftance auprez du Roy d'Efpagne, pour la liberté de la femme & des enfans du Prince Thomas, qui font retenus prifonniers à Madrid. Et on

le follicitera de rendre les
places qu'il tient au Duc de
Savoye. Et en cas que le
Roy Catholique ne remette
pas les places , & ne rende
pas la femme & les enfans de
ce Prince , il fera obligé de
fervir contre ledit Roy dans
l'Armée de France. On ad-
joute à ces premiers articles,
que le Roy Tres - Chreftien
procurera le Mariage d'un
des enfans de ce mefme Prince , avec la fille du Duc de
Longueville, qui eft une riche heritiere ; Et que la France ne pourra faire aucun traitté de paix avec l'Efpagne ,
fans y comprendre la liberté
de la Princeffe & des fufdits
Princes.

On attent icy prefente-

ment le Prince Thomas, &
on asseure qu'il commande-
ra les Armées de France en
Italie contre les Espagnols;
parce qu'on est persuadé qu'ils
ne rendront jamais ce qu'ils
ont pris aux autres , & qu'ils
ne remettront point les pri-
sonniers en liberté.

Le Roy s'entretenant ces
jours passez, avec l'Ambassa-
deur d'un Prince étranger,
luy dit à peu prés ces mesmes
paroles. Toutesfois & quan-
tes, que les Espagnols rendront au Duc de Savoye,
les places qu'ils luy retiennent, je me déchargeray du
poids du gouvernement de
celles que je luy garde. Et
le Cardinal s'en est expliqué
assez publiquement , quand

il a dit que le deſſein de ſon Maiſtre, n'eſtoit que d'abaiſ-ſer l'orgueil de la Maiſon d'Auſtriche, & de la mettre en eſtat que ſes voiſins n'en euſſent pas ſi fort à crain-dre, que le moindre mou-vement qu'elle feroit, leur cauſaſt toûjours des allarmes; qu'il ne ſonge point à l'agran-diſſement de la domination Françoiſe, que les bornes en ſont aſſez étenduës, & qu'il n'a d'application que pour donner à ſon Souverain une derniere preuve de ſon zele & de ſon affection, en laiſ-ſant le Royaume dans une grande & glorieuſe paix, qui rende Sa Majeſté aimée de ſes voiſins, & redoutée de ceux qui ont de la jalouſie de ſa

grandeur & de sa puissan-
ce , |parce qu'elle sera par
là l'arbitre de l'Europe , &
y regnera plus absolument ,
que si tous les Estats luy en
appartenoient. Ce que je
t'écris est arrivé il y a déja
quelque-temps : mais ce que
je vais t'apprendre ne fait que
d'arriver.

On vient d'avoir nouvelle
que les Princes de Savoye
ont manqué de parole au
Roy, au Cardinal de Richelieu , & au Mazarin. On pense presentement aux moyens
de punir une injure si atroce,
& à ceux de venger une
Princesse veuve , maltraittée,
& depuis si long-temps expo-
sée à voir de sanglantes tragedies dans sa Maison , par

les guerres que se font sans
cesse les Princes du sang de
son fils, où se meslent des
étrangers, qui en ruinent les
Estats, & l'entretiennent
dans une continuelle affliction.

Comme cette nouveauté
causera de nouveaux trou-
bles en Italie, tu seras averti
de tous les évenemens. Cependant les Princes de Savoye
sont blâmez de tout le monde, & on les accuse d'avoir
peu de sincerité, mais comme c'est une regle presentement parmi les Chrestiens,
& qui est mesme assez an-
cienne, & fort confirmée,
qu'on n'observe sa parole
qu'alors qu'on y trouve son
compte, il ne faut pas t'é-

tonner de ce qui arrive contre ces Princes ; & tu con-
noiſtras par là qu'un vil intereſt eſtant le motif qui les
fait agir, & qui eſt toute
leur raiſon d'Eſtat, un jour
celuy qui doit juger également tout le monde, & qui
peut renverſer tout l'univers,
en moins de temps qu'il n'en
a voulu mettre à le créer,
deſtruira les petites puiſſances
de ces foibles politiques qui
reconnoiſſent la Loy du
Nazareén, à la gloire immor-
telle du nom venerable &
faint des fidelles Muzulmans.

*A Paris le quinziéme de la cin-
quiéme Lune de 1641.*

# LETTRE

## LXXX.

### A

### AGNET OGLOV.

QUAND je ne penſe pas à toy, il faut que je m'oublie moy - meſme : mais comme je penſe ſouvent à moy, je ne te puis jamais oublier, parce que tu es un autre moy-meſme.

Sois perſuadé que ie n'adjoute rien à la verité, & en secy je n'ay aucun autre deſſein que de continuer à t'aimer, de te l'apprendre, afin que tu puiſſes compter là deſſus, & pour t'empêcher d'en douter, de te faire du plaiſir, & du bien ſi je puis.

Je ſonge à te procurer la confiance de l'invincible Vizir Azem, ſans qu'il s'apperçoive du deſſein que j'ay, & voicy la maniere que j'ay creu la plus propre. Tu feindras d'avoir receu de quelque ami que tu auras laiſſé à Palerme, les memoires que je t'envoye avec cette Lettre, & il ne ſera pas difficile de faire croire que tu as du commerce
en

en cette Ville de Sicile, après le temps que nous y avons demeuré ensemble, pendant nostre esclavage.

Le redoutable Vizir qui regle, & gouverne l'Empire Turc sous les ordres du plus puissant, & du plus craint des Potentats de la Terre, recevra par cet ordinaire une information fort ample, des évenements extraordinaires qui sont arrivez en Portugal, & je luy ay fait sçavoir aussi les surprenantes revolutions de la Catalogne, qui affoiblissent fort la puissance de la Couronne d'Espagne, & abaissent étrangement l'orgueil de cette nation superbe. Je luy ay écrit que le Portugal s'est déja choisi un

O.

Roy, & que la Catalogne
eft prefte à fe feparer de la
Monarchie dont elle eft fujet-
te. Mais je ne luy ay point encore donné aucune connoiffance des beaux memoires
que je t'envoye, dont tu te
pourras faire honneur, fi tu
fçais trouver le moyen de
t'introduire auprez du grand
Vizir, & fi tu ozes effayer
d'avoir fa confiance.

Tu diras donc à ce prin-
cipal Miniftre du premier eftat
du monde, que tu as receu
les memoires que tu luy pre-
fenteras, & tu luy affeureras
que tu les auras traduits
d'Italien en Arabe, & tu les
écriras de ta main, afin qu'il
ne paroiffe pas qu'ils viennent de moy.

Le Roy d'Eſpagne Philipe ſecond, mourut d'une maladie honteuſe, & qui n'arrive qu'aux gens de la plus vile condition, ce qui parut un châtiment ordonné du Ciel, pour avoir eu comme David, la vanité de faire le compte des hommes qui habitoient les païs ſujets à ſa domination, afin de faire connoiſtre à toutes les nations juſqu'où alloit ſa puiſſance,

On y verra que ce Monarque compta juſqu'à ſept cens cinquante Villes, érigées en Evêchez, y comprenant ſoixante Archevêchez, qu'il y avoit onze mille quatre cens Abbayes, neuf mille deux cens trente Chapitres, tant de Cathedrales que de

O ij

Collegialles, cent vingt-sept mille Eglises Paroissiales, quatre mille Hospitaux, vingt-trois mille Confrairies, deux mille trois cens Congregations de Seculiers, trois mille Hospices pour y recevoir les Pellerins, quarante-six mille Convents de Religieux, & treize mille cinq cens de Vierges, avec deux cens quinze mille Chapelles, où l'on dit la Messe, tant dans les Eglises publiques, que dans les Maisons particulieres & dans les Prisons.

Et aprés une recherche fort exacte, ce Roy connut que pour servir un si grand nombre d'Eglises, de Monasteres, de Convents, d'Hospitaux & de Chapelles, Il y

avoit neuf cens douze mille
Religieux, Moines, Preftres
ou Clercs, parmi lefquels il
s'en pouvoit bien trouver
quatre cens douze mille Preftres, qui celebrent ce que les
Chreftiens appellent la Mef-
fe. Et pour nourrir tant de
gens, on connut par le cal-
cul qu'on en fit que le revenu qu'ils avoient dans tous
fes Royaumes, montoit à treize
millions d'efcus de monnoye
Romaine, fans compter les
aumônes qui fe diftribuoient
tous les jours, qui vont jufqu'à
la fomme de quatre millions
d'or.

La curiofité de ce Prince
alla encore plus avant, il voulut auffi fçavoir le nombre
de tous les Officiers Royaux,

des Gouverneurs de Province, des Villes, des Châteaux, des Citadelles, & enfin de tous les Commandan.s, tant de Terre que de Mer, des dignitez, des Juges Souverains, des Juges de Police, & de ceux qui ne connoissent que des crimes, & enfin de tous ceux qui avoient des Patentes de luy ou de ses Vice-Roys. Et il trouva qu'il y en avoit quatre-vingt-trois mille qui estoient employez avec des Lettres signées de sa main, & trois cens soixante-sept mille qui les avoient signées de ses principaux Ministres.

Il ne voulut point sçavoir le nombre des personnes qui vivoient dans ses Estats, de

peur d'en eftre trop orgueilleux, & de ne pas tomber,
(difoit-il,) dans le peché de
David, qu'il ne put neantmoins éviter dans fa propre
perfonne, comme j'ay déja
dit, Dieu ayant voulu épargner fes pauvres fujets, qui
avoient d'ailleurs affez fouffert.

On peut dire prefentement
que cette puiffante Monarchie commence à fe démem-
brer par la perte de tant de
Provinces, de Royaumes, &
de Places, & que Philippe
fecond ne connut pas toute
l'eftenduë de fa puiffance.
Philippe troifiéme ne fçavoit
point jufqu'où alloient fes
forces, ou les biens qu'il pof-
fedoit; parce que fes Mini-

ftres le gouvernoient, & Philippe quatriéme n'ayant pas
voulu voir clair quand il
eftoit en fon pouvoir, n'en
peut pas prefentement venir
à bout qu'il en auroit envie.

Je croy m'eftre fuffifam-
ment expliqué pour me faire
entendre de toy. Fais prefentement ce que tu pourras
pour te faire entendre des
perfonnes à qui ces avis peuvent eftre agreables, ou utiles, & fi tu crois que la
connoiffance de ces chofes
puiffe être agreable à l'Invincible Vizir qui eft une des lumieres du monde, tâche d'acquerir les bonnes graces de
ce grand homme, qui fait
la deftinée de tous les fidelles.

à

à qui le Divin Alcoran sert
de Loy. Je t'embrasse , & je
te baise de tout mon cœur
avec les lévres de l'ame si l'on
peut parler ainsi. Adieu.

*A Paris le quatriéme de la
septiéme Lune de 1641.*

*III. Partie.*                    P

# LETTRE

## LXXXI.

### A l'Invincible

### VIZIR AZEM.

Es Courriers qui sont arrivez ces derniers jours ont apporté des nouvelles icy fort affligeantes. Une des Armées du

Roy a esté deffaite par une autre Armée d'estrangers à la teste de laquelle estoit un Prince de France, & plusieurs Seigneurs mal-contents qui l'avoient suivi. Cette perte a causé un grand trouble dans cette Cour, & il paroist que Paris ait été frappé d'un coup de foudre. Le peuple parle, & raisonne là-dessus selon la peur qu'il a, & il se figure le mal beaucoup plus grand qu'il n'est pas. Ceux qui ont perdu leurs parents protestent qu'ils s'en vengeront, & il n'y a que ceux qui ont apris la mort de leurs amis, dont la douleur est muete, quoy qu'elle soit tres violente. Mais tous ensemble paroissent dans une si grande confternation, qu'on diroit que la France eft ruinée d'une pareille avanture, tant il eft vray que les pertes font defefperantes à ceux qui ne font pas accouftumez à perdre.

On diroit à entendre parler les François, que les Efpagnols font déja au pied des murailles de Paris, & que ces Princes rebelles donnent déja, l'affaut à cette grande Ville, l'une des plus riches du monde : ils fe font retirez dans une place qu'on dit qui eft imprenable, & qui appartient à un Seigneur François ; cette place s'appelle Sedan, & c'eft-là auprés que fe vient de donner cette fanglante bataille, où le parti

du Roy n'a pas esté le plus
fort, mais les mescontens sont
inconsolables de la perte qu'ils
ont faite de leur General,
qui a esté tué dans la chaleur du combat : quelques-
uns disent qu'il l'a esté en
trahison, d'autres que c'est
par l'ennemi, & quelques-
uns soûtiennent que c'est le
Cardinal de Richelieu, qui
s'est deffait de luy par le
moyen d'un assassin, qu'il en-
tretenoit dans ses troupes, &
il y en a qui soûtiennent aussi
qu'il s'est tué luy-mesme en
relevant la viziere de son
Casque, avec son pistolet qui
se lascha, quoy qu'il en soit
il est mort en la personne de
ce Prince, un Prince d'une
grande valeur.

P iij.

Je te feray le recit de cette avanture, je t'apprendray les motifs de cette guerre, je te diray qui font les mefcontents, & leurs qualitez, & enfin par quelles cabales cette tempefte s'eft émeuë, afin que tu connoiffes grand & principal foûtien de l'Empire Ottoman, que l'ambition, & la jaloufie du commandement caufe du defordre en France, auffi bien que dans les autres Eftats.

Loüis de Bourbon, Comte de Soiffons eftoit Prince du fang, il avoit dans fa jeuneffe une fierté qui éloignoit de luy, tous ceux qui s'en eftoient une fois approchez, mais ayant domté cette humeur qui effarouchoit tout le

monde , il devint populai-
re & si civil qu'on le re-
cherchoit autant qu'on l'a-
voit évité ; il traittoit parfaitement bien la Noblesse : il
s'estoit aussi acquis l'amitié des
autres Princes , & ceux d'un
rang inferieur le consideroient
beaucoup : il estoit adoré des
soldats , fort aimé , & esti-
mé des peuples , & il y avoit
enfin si bien fait , qu'on peut
dire qu'il avoit un applaudis-
sement general.

Le Cardinal de Richelieu
a une niepce qu'on nomme
Madame de Combalet , qui
aprés avoir esté femme d'un
gentil-homme aspiroit à des
nopces plus relevées , voyant
que tout cedoit & paroissoit
humilié devant son oncle.

P iiij

Le Cardinal vouloit par le mariage de cette niepce fe procurer un appui fi puiffant que rien ne puft jamais renverfer fa fortune , ni s'oppofer à fon credit : il pretendoit que fa vie auroit efté auffi plus en feureté, & qu'une telle alliance avec celles qu'il avoit déja , le mettroit hors d'eftat de pouvoir eftre jamais attaqué par aucuns ennemis fecrets ou déclarez , dont le nombre croiffoit à mefure que fon authorité s'augmentoit.

Il y a beaucoup de gens qui affeurent que ce Preftre a eu affez d'ambition pour fe donner un heritier qui peuft monter un jour fur le throfne. Lors qu'il paroiffoit par la fterilité de la Reine que le Roy ne pouvoit avoir d'enfant qui luy succedast.

Les choses ayant changé il prit d'autres mesures, & ayant songé à avoir le Comte dans son alliance : il fit faire la proposition du mariage de sa niepce par le plus intime des confidens de ce Prince, qui luy offrit en même temps des sommes considerables, des dignitez, de le faire heritier de tous les grands biens qu'ils possede, & de luy faire avoir la plus grande charge du Royaume qui est celle de Connestable.

La réponce du Comte de Soissons à celuy qui luy fit la proposition fut un souflet, s'estant mis dans une colere violente de ce qu'on osoit luy

propoſer un mariage ſi diſ-
proportionné , oubliant que
Madame de Combalet eſ-
toit veuve d'un homme
de condition tres medio-
cre , qu'elle eſtoit niepce du
Cardinal qu'il haïſſoit ; &
qu'il eſtoit Prince du Sang
de France.

L'Ambaſſadeur du Cardi-
nal qui avoit envie que ſa ne-
gociation reuſſiſt , ne ſe faſ-
cha point du ſouflet. Il vanta
la vertu de la niepce du Miniſtre : il dit qu'il ne luy man-
queroit point de parti dans le
Royaume à choiſir : il ajou-
ta aux loüanges qu'il donna
à cette Dame qu'elle eſtoit
Vierge, quoy qu'elle euſt eſté
mariée , parce que ſon époux
l'avoit aſſez reſpectée pour

n'ofer l'approcher , & que le Ciel avoit permis que cette avanture fe trouvât écrite dans. l'Anagramme de fon nom, Marie de Vignerot , vierge de fon mari.

Ce Miniftre ne put diffimuler le chagrin qu'il eut du refus , fa colere devint une fureur exceffive, & il refolut de mettre en œuvre la maxime qu'il avoit de perfecuter violamment ceux dont il avoit recherché l'amitié avec plus d'empreffement : il s'emporta contre ce Prince , il ne put s'empefcher de dire des. injures , & il menaça publiquement fon ennemi, mais il n'en fut que plus fier : il ne fe crût point offenfé des. injures du Cardinal , & fes.

menaces ne l'ébranlerent pas:
il luy répondit par des menaces, mais elles furent inutiles, le credit & l'authorité
de sa patrie l'emporterent,
mais sa foiblesse l'irrita davantage.

Cependant le Cardinal songeoit à mettre ses menaces en
execution, & le Roy paroissoit y contribuer de son
authorité, ce qui obligea le
Comte à s'éloigner, & à faire un voyage en Italie pour
éviter la tempeste dont il estoit
menacé. Son voyage ne fut
pourtant pas long, & à son retour le Cardinal fit encore tout
ce qu'il put s'imaginer pour se
l'acquerir : il luy fit toutes
les carresses possibles : il luy
fit donner des emplois conve-

nables. dans les armées ; & il
le fit enfin declarer General
de celle que le Roy envoya
fur la Frontiere de Picardie ;
mais ce Prince fier receut
tout avec indifference, difant
hautement qu'on donnoit un
Capitaine à l'armée, & non
pas l'armée au Capitaine.

Les Grands de la Cour qui
obfervoient de loin ce qui fe
paffoit dans cette intrigue,
au lieu de radoucir l'humeur
du Comte ne fongerent qu'à
l'irriter davantage. Le Duc
d'Orleans frere du Roy toujours ennemi du Miniftre fe
lia avec le Soiffons, l'exhor-
ta à refifter aux pourfuites du
Cardinal ; & on dit qu'il en
tira une promeffe par écrit,
qu'il ne feroit jamais le ma-

riage qui luy estoit proposé :
aprés cela ils se jurerent de
se garder fidelité , & d'estre
toujours unis à la ruine de
leur ennemi commun ; & pour
cet effet ils prirent des mesures avec le Prince Thomas de
la maison de Savoye qui est
presentement General de l'armée d'Espagne en Flandre :
ils mirent aussi dans leurs interests le Duc de la Vallette,
& beaucoup d'autres Sei-
gneurs du Royaume. Pres-
que tous les conjurez estoient
d'avis qu'on tuast le Cardinal,
& qu'on prist son temps quand
il feroit la visite des quartiers
de l'armée qui assiegeoit Cor-
bie ; mais le seul Comte ne
put consentir à souiller ses
mains du sang d'un Prestre.

Un si grand crime ne put eſtre executé ; mais le Duc de la Valette qui voyoit le danger où il eſtoit, ſi la conjuration venoit à eſtre découverte, reſolut de ſe mettre à couvert par la plus noire trahiſon qui peuſt eſtre imaginée : il découvrit au Cardinal tous les complices, dont le Comte de Soiſſons ayant eu avis, il ſe retira promptement à Sedan. Je ne te feray point, Capitaine invincible, la deſcription de cette place qui regarde d'un coſté le Luxembourg, & de l'autre la France, n'eſtant point de ma charge de te faire les plans des fortifications comme un Ingenieur, mais de te donner une entiere connoiſſance

de ce que font les infidelles,
& de te découvrir leurs deffeins, fi tu les peux penetrer,
afin que tu puiffes voir s'il y
a quelque chofe qui interref-
fe noftre grand Monarque,
dont la puiffance ne peut être
ébranlée que par le renverfe-
ment du monde entier.

Sedan eft du Domaine de
la maifon de la Markque de
la race des anciens Dues de
Cleve, qui en eftoient fou-
verains, & en mefme temps
Ducs de Boüillon. Quand le
Soiffons fut dans cette place, il
fe trouva en feureté, le Maré-
chal de Boüillon qui en étoit le
maiftre par le teftamment du
dernier de cette maifon, fe dé-
clara de fon parti, ou pour
faire la guerre enfemble au
Cardinal

Cardinal avec la force ouver
te, ou pour le faire chaſſe
du Royaume, ou enfin pou
ſe deffaire de luy par la mort
Ce fut de là qu'ils firent leurs
traittez ſecrets avec ceux qui
commandent pour les Eſpa-
gnols dans les Païs-Bas, &
un Prince de la maiſon de
Lorraine eſt entré dans la cabale : il a autant de haine
contre le Cardinal, & il paroiſt auſſi animé que les autres à ſa perte, on le nomme
le Duc de Guiſe.

Il ne manquoit à ce parti
que le Duc d'Orleans frere
unique du Roy, & on fit ce
qu'on crut à propos pour l'en
mettre : le Duc de Guiſe luy
dépeſcha un Exprés qui ven-
dit en un ſeul jour ſon Mai-

Q

tre & ceux qui estoient de
la conjuration. Il découvrit
tout le secret de la cabale,
& pour mieux couvrir son
jeu il se fit arrester & mettre
en prison, aprés avoir rendu
sa dépesche au frere du Roy
qu'il avoit fait voir auparavant au Cardinal: ce perfide ne
s'est pas contenté de reveler le
secret de ces Messieurs qui l'a-
voient envoyé, & de découvrit jusqu'à la moindre de leurs
intentions : il a fait paroistre
que le Prince frere du Roy é-
toit criminel estant complice
de la rebellion des autres.
Ainsi ces Princes & Seigneurs
desesperez de ce qu'on avoit
découvert tous leurs projets,
qui veritablement estoient
contraires aux interests de leur

Souverain , & du Royaume, ont esté forcez de se jetter entre les bras des Espagnols & de s'unir avec eux. Ils ont fait des troupes de leurs vassaux, & de leurs amis , & se sont déclarez ouvertement , & ils ont combattu avec beaucoup de valeur , comme j'ay dit au commencement de ma dépesche. L'armée du Roy a esté fort maltraittée , & il paroist que l'avantage a esté tout entier du costé des Liguez ; mais il en a cousté la vie au Comte de Soissons qui en estoit le Général , & le Chef du parti , & on dispute presentement à qui est deu l'honneur de la victoire.

Je me prosterne à mon ordinaire à tes pieds pour en

baiser humblement la pouſſie-
re, & t'aſſurer que tu as eu en
moy un eſclave tres-fidelle,
& qui ne changera jamais.

A Paris le quinziéme de la
Lune de 1641.

# LETTRE

## LXXXII.

## A SOLIMAN

### son Cousin à Constantinople.

POnce Pilate étoit plus homme de bien que toy. Celuy-là quoy-qu'il fuſt Payen s'excuſa du mauvais jugement qu'il fut obligé de faire du Meſſie dès Chreſtiens en ſe lavant les

mains devant le peuple Juif
qui avoit demandé sa mort,
& toy quoyque tu sois Mâho-
metan comme je le suis, &
que tu te laves le corps entier dans les bains de Constantinople en presence de nos a-
mis : tu m'accuses & me con-
damnes temerairement sans
en avoir aucun scrupule,
tu me traittes de criminel, &
tu me fais du mal mécham-
ment, à moy qui suis de la
mesme Religion que tu pro-
fesses. Par où puis-tu justifier la haine qui te porte à
vouloir faire croire au Kai-
makam, que j'ay esté corrom-
pu par le Cardinal qui est le
premier Ministre du Roy
Loüis, ajoutant qu'il ne faut
plus regarder mes lettres, ni

mes relations envoyées à la Porte fublime où font prof-ternées toutes les puiffances du monde comme écrites par un Arabe, mais par un facrilege heretique, que je trompe le Mufti fi venerable par l'authorité qu'il a dans la Religion fi fainte dont il eft le tres digne Chef, & que je l'a-mufe par mes lettres, pour mieux couvrir mon change-ment, puis que j'adore dans le cœur, & profeffe publiquement une entiere foumiffion aux decrets du Pontife des Chreftiens: La qualité de ton coufin que je ne puis m'empêcher d'avoir, ne peut non feulement te retenir, mais elle fert à tes pernicieux deffeins. Ah parent indigne,

hipocrite infame, tu veux me
decrediter, & rompre le cours
de mon ministere, parce que
je sers utilement le plus grand
Prince qui regne dans le
monde. Tu approuvois non
seulement ma conduite quand
je commencay à travailler sous
les ordres des Ministres du
Divan; mais tu m'applaudis-
sois, tu me donnois des loüanges, & quand tous les Mi-
nistres sont contens de moy,
qu'ils ont approuvé, ce que
j'ay fait d'abord, & qu'ils con-
tinuent à loüer, ce que je
continuë à faire : tu es le seul
qui te crois permis de me tra-
verser, d'obscurcir ma gloire, &
de noircir mes actions. Es-
cela le profit que tu as fait
avec Hippia d'Athene à qui
tu

tu dois la connoiſſance des Autheurs Grecs, que tu te vantes d'interpreter ? Réponds-moy couſin injuſte, pourquoy me veux-tu faire rappeller par tes noires calomnies ? Quand t'ay-je offenſé, & par quel endroit te trouves-tu outragé ? mais tes artifices quelques grands & quelques malins qu'ils ſoient ne prevaudront point ſur la droiture de mon cœur ; & comme je ferai toûjours exactement mon devoir, je ne pourrai eſtre détruit auprés du Prince que je ſers ; il approuvera ce que je ferai, & tu en mourras d'envie & de dépit.

Je ne devois pas m'y tromper, il ſuffit de voir ton vi-

*III. Partie.*               R

sage, pour connoiſtre la noirceur de ton ame. Tu es un
Heraclite toûjours melancho-
lique & chagrin, qui n'eſt pas
meſme capable d'avoir de la
joye quand le Ciel favoriſe
les grands projets de noſtre
Maiſtre invincible. Tu es un
Zenon diſſimulé, qui ſous les
apparences affectées d'un
Stoïque cache un cœur de
Cinique, dont l'humeur cri-
tique ſonge toûjours à mor-
dre ſur les actions des autres.
La nature a mis ſur ton viſa-
ge une triſteſſe & une pâleur
mortelle, parce que tu es
toûjours occupé de quelque
choſe de funeſte, de meſme
qu'il paroiſt que Pitagore t'a
inſtruit à parler peu, parce
qu'il a connu que tu n'eſtois

propre qu'à dire & faire du
mal. Je ne sçai ce qu'est devenu Isouf, je n'en entends
plus parler. Je crains bien
que tu ne m'ayes encore cor-
rompu ce parent qui m'estoit
cher, afin de m'empescher
d'avoir aucun allié ni ami qui
me soit fidelle. Tu n'as pas
manqué de le bien instruire,
tu luy as servi de modele, &
il a eu sans doute assez d'in-
gratitude pour t'imiter. Il
est de retour de la Meckque,
& il ne me fait point de ré-
ponse, il ne m'écrit point s'il
a fait pour moy le Cour-ban
à la montagne; s'il a sacrifié
le mouton, s'il a fait les aumônes que je luy avois re-
commandées, & s'il m'en-
voyera comme je l'en ay sup-

R ij

plié un petit morceau du vieux
voile de la sacrée Mosquée.
Mais je ne m'arreste pas tant à
ce qu'ont pû faire les autres,
& ce n'est que de toy que j'ay
intention de me plaindre,
parce que les offenses des autres n'ont rien de comparable aux tiennes, & tu as fait
tout ce que tu as pû t'imaginer pour me nuire & me
perdre.

Demeure donc abandonné
à ton mauvais genie, quelque
douleur que j'aye de ton
mauvais procedé, je ne t'écris
que pour te faire sçavoir que
rien ne m'est inconnu de tout
ce que tu fais contre moy.
Il n'y a que le vieux Baba
ton oncle qui te puisse faire
changer : va le trouver, & ne

rougis point, pour voir qu'un homme qui eſt employé aux choſes les plus viles à plus d'entendement que toy ; dé-couvre-luy tes infirmitez, ou pour mieux dire, confeſſe-luy tout le mal que tu fais, ſi tu es touché de quelque envie de devenir homme de bien ; quoyque ce ne ſoit qu'un char-pentier, il ſçait mieux que toy comment il faut cultiver un eſprit ; il t'apprendra la maniere de polir & de perfe-ctionner ton ame comme il ſçait polir un morceau de cheſne le plus dur & le plus rempli de nœuds.

Il eſt parfaitement inſtruit dans la loy, il eſt nourry dans les principes de la Religion, & de la verité, il te conduira,

R iij

fi tu le laiſſes faire , par le
chemin qui conduit à la perfection , il ne te permettra
point de mentir , il t'obligera
à faire les reparations que tu
dois à ceux que tu as veritablement offenſés ; & il te com-
patira fi tu parois repentant
du mal que tu auras fait, &
que tu témoignes quelque
regret d'avoir voulu perdre
un parent qui t'ayme & qui
te ſouhaitte toutes ſortes de
biens, fi tu as du regret de la
perſecution que tu as faite,
& que de mauvais couſin que
tu as eſté tu veuïlles bien devenir bon ami & fincere.

*A Paris le vingt-cinquiéme de
la Lune de* 1641.

# LETTRE

## LXXXIII.

### A

## DGNET OGLOU.

*A Conſtantinople.*

JE n'accuſe point de folie ceux qui ayment, mais je ne puis m'empeſcher de croire que ceux

R iiij

qui croyent legerement n'ont
pas toute la raison possible.
Il est difficile qu'un homme
puisse toûjours s'empescher
de succomber sous une pas-
sion, mais il ne luy est pas impossible de s'empescher de
croire avec trop de facilité,
& de se laisser surprendre au
mensonge qu'on doit s'assûrer
estre inseparable des femmes.

     Tu m'as dit la verité en
m'envoyant le baume & l'a-
loez que je t'avois demandé,
& je n'y répondray pas des
faussetez en te parlant de Darie qui est le sujet de la lettre
que j'ay reçû de toy. Trouve-
bon seulement que je te remercie sans te rien dire du present
que tu m'as fait qui est agreable & magnifique, & souffre

que je me plaigne à toy avec
liberté du mal qu'une autre
personne m'a fait. Je n'ay
pas eu besoin de consulter
mon registre pour me souvenir de tout ce que je t'ay mandé de cette Grecque, & mon
cœur qui en est encore tout
plein, me reproche à tous
momens de t'en avoir trop
dit.

Jamais rien ne m'a paru si
desirable que cette herbe qu'-
Homere appelloit Nepenté,
me le paroist aujourd'hui,
pour me guerir de la cruelle
maladie dont je suis tourmenté. Ce Prince des Poëtes veut
qu'une Reine de nostre Egypte eust fait present à Hele-
ne de ce simple merveilleux,
qui a la vertu d'appaiser sur

le champ toutes les douleurs,
& de faire oublier les chagrins
& les offenses qu'on nous a
faites. Mais tu ne peux rien
comprendre à mon langage,
si je ne te dis clairement que
Darie a oublié toutes les pro-
messes qu'elle m'avoit faites,
presqu'aussi-tost qu'elle m'a
perdu de vûë; & qu'elle ne se
souvient plus du tout de mon
amour. Il est vray qu'elle m'a
écrit deux fois depuis son de-
part, mais d'un stile si froid
qu'on voit bien que son cœur
est tout de glace pour moy.
Aussi-tost qu'elle se vit entre
les bras de son époux, elle
luy fit un sacrifice de ma pas-
sion; & pour luy mieux faire
sa cour & le mieux persuader
de sa fidelité, elle lui a fait con-

fidence de mes lettres : le mary se mit à rire en les voyant,
& luy dit en se moquant de
moy ; un homme donc éper-
duëment amoureux n'a fait
que soûpirer & qu'écrire ? Il
a fait quelque chose de plus,
reprit cette femme dissimulée,
il m'a promis de m'envoyer
un vase de baume blanc de
la Mekque , & du bois d'A-
loez pour servir à me parfumer , & que je n'espere pas
pourtant recevoir si tost , ny
peut-estre jamais : car si Mahmut n'est devenu fol , il m'aura aussi facilement oubliée ,
qu'il est promptement sorti
de ma memoire. Et toy qu'as-
tu promis à ce barbare , reprit aussi-tost le mary , j'ay
promis, repliqua Darie de luy

envoyer avec mon portrait,
celuy de la plus chaste de
toutes les femmes , ce que je
ne pretens pas faire si tu n'y
consens, & si mesme tu ne le
commandes.

Ce que je te viens d'ap-
prendre m'est revenu d'un endroit qui ne me permet pas
de douter : mais aprés a-
voir connu par ce que je t'ay
racconté , la vertu de la
femme , apprens quelle est
celle du mary , qui aprés
avoir vû mon portrait & loüé
le Peintre qui l'a fait , em-
braffa tendrement son épou-
se, qu'il regarda comme un
exemple tres-singulier de fidelité conjugale. Tu t'éton-
neras sans doute que Darie
ait eu la foiblesse de luy

montrer mon portrait , elle
l'a fait voir , & fa confiance
luy a reüffi , elle en a eu pour
recompenfe mille chaftes em-
braffemens , & un gage de
fon amour qu'elle porte aujourd'hui dans fes flancs. Tu
vois par là le bonheur des
femmes Chreftiennes d'avoir
des marys qui expliquent fi
favorablement les offenfes
qu'on leur fait pendant leur
abfence.

Cependant le portrait de
Darie n'arrive point, elle ne
fait plus de réponfe à mes
lettres, ce qui m'a rebuté de
luy écrire depuis quelque
temps; ma paffion commence
à n'eftre plus fi violente , &
ce feu fi grand qui me con-
fummoit ne fera bien-toft,

pour ainſi dire, qu'une cendre qui n'a pas encore perdu
ſa chaleur. Je me deſabuſe
fort, & ce n'eſt qu'entre des
perſonnes d'une condition
égale qu'on peut conſerver
des amitiez veritables & de
durée. Aimons-nous, mon
cher Dgnet, que les liens de
noſtre amitié ſoient des liens
d'or qui nous ſoient toûjours
precieux, & que rien ne puiſſe jamais rompre ni délier.
Darie eſt veritablement un
modele de fidelité pour un
époux ; mais elle en eſt un
de legereté & de trahiſon
pour un amant qui luy avoit
tout ſacrifié, & elle aura l'a-
vantage de me voir deſor-
mais inſenſible à l'amour : je
ſuis fort reſolu de n'aimer ja-

mais aucune femme , & je
suis assûré mon cher Dgnet,
que ma resolution durera.
Réjouïs-toy avec moy de ma
guerison , & sois persuadé que
si une femme belle & agreable m'avoit renversé la cer-
velle , la patience & la de-
bonnaireté de son mary me
remet dans mon bon sens.
Mon avanture te doit faire
prendre tes precautions pour
ne pas tomber dans de pa-
reils inconveniens : mais tu
ne peux courir ce peril-là,
heureux avec les autres Musulmans de Constantinople
qui ont là-dessus des loix,
qui les retiennent & les em-
peschent de tomber en de semblables déreglemens.

J'espere que tu cesseras

auſſi d'eſtre mon rival : s'il
eſtoit arrivé que tu euſſes eu,
& conſervé de l'amour pour
cette ingrate Grecque : ſi les
hommes ne ſe peuvent dé-
fendre d'aimer une fois en
leur vie, ils doivent ſe garder
au moins de tomber dans ces
excés qui oſtent l'uſage de la
raiſon, & qui font qu'on ſe
repent toute ſa vie de s'eſtre
laiſſé ſurprendre à l'amour.
Mon repentir eſt fort grand,
& quoyque ma paſſion ne ſoit
pas entierement éteinte, je
ſens une joye qui me fait
connoiſtre que bien-toſt je
n'aurai pas meſme de colere
contre Darie.

Tu dois eſtre ennuyé d'une
ſi longue converſation, mais
je la finirai en t'envoyant le
portrait

portrait que fait un bel efprit
d'Efpagne de toutes les femmes. Il dit qu'elles font la
fource de la vie & de la
mort, qu'il les faut confide-
rer comme le feu, parce
qu'elles traittent tous ceux
qui s'approchent d'elles comme fait le feu, elles donnent
aux hommes une certaine
chaleur qui leur eft neceffaire, c'eft ce qu'on ne peut
nier: elles font belles, elles
font la joye des maifons &
des villes entieres, mais elles
font dangereufes à garder;
elles embrafent tout ce qui
les approche, & elles redui-
fent d'ordinaire en cendres
tout ce qu'elles ont embrazé;
elles donnent quelquefois
un grand éclat, mais cét éclat

S

n'eft jamais fans une fumée qui obfcurcit & qui fait fouvent verfer beaucoup de larmes à ceux qui ne font que les regarder. Qui n'a point de commerce avec les femmes, paffe fouvent fa vie avec melancholie ; mais on ne les voit gueres fans danger, le moyen de les gouverner n'eft pas de faire des chofes exceffives pour elles, non plus que de les negliger tout-à-fait. On les poffede fouvent avec facilité, & on les perd encore plus facilement. Le feu & la femme font tout de mefme, & celuy qui a dit que la femme eftoit un feu qui brûloit tout, a dit auffi que le feu eftoit comme la femme qui confumoit tout.

Mais nos Religieux Arabes en ont encore parlé plus élegament quand ils ont écrit , que Dieu a fait un paradis particulier pour elles , parce que, disent-ils, si elles entroient dans celuy des hommes , elles l'auroient bien-toſt changé en un enfer. Eve fit ſi bien quand elle fut ſeduite par le ſerpent dans le Paradis terreſtre , qu'elle ſeduiſit ſon époux , afin qu'il fuſt condamné auſſi - bien qu'elle. Mais comme ce ſexe ne laiſſe pas d'avoir parmi tant de defauts quelque choſe d'aimable, & qu'il peut faire du bien , aimons - le au moins pour perpetuer l'eſpece , & non pas pour en laiſſer cor-

S ij

rompre noſtre ame par des paſſions condamnables, Adieu.

*A Paris le vingt de la 19. Lune de 1641.*

# LETTRE

## LXXXIV.

## A

## CARCOA

### A Viennne.

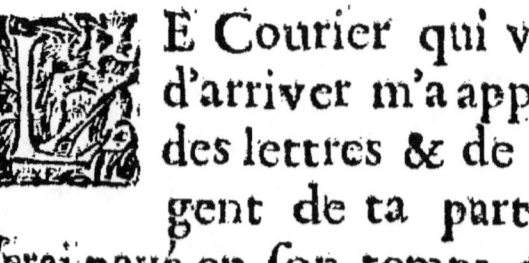 E Courier qui vient d'arriver m'a apporté des lettres & de l'argent de ta part, je ferai payé en son temps de la

S iij

lettre de change que tu m'as
envoyée fous le nom de Ti-
tus. Je te fuis extremement
obligé du foin que tu as eu
de me faire toucher de l'argent, me trouvant dans un
pays, où les belles & bonnes
paroles ne trouvent pas grand
credit. J'ay reçù auffi la boë-
te où eft le baume & l'aloës
que m'envoye mon ami O-
glou, le tout s'eft trouvé bien
conditionné, & tout eft venu
à point-nommé. Il n'y a
qu'Ifouf de qui je n'entends
rien dire, & qui ne m'écrit
point. J'ay appris qu'il eft de
retour de fon pellerinage, &
il ne t'a point encore remis ce
que je l'ay chargé d'apporter
de la Mekque, & de t'en-
voyer pour me le faire tenir.

Je ne me veux plaindre de personne, & si j'ay à me plaindre de quelqu'un c'est de moy seul que je me veux plaindre. Fais tenir sûrement les lettres que je t'adresse, fais-moy sçavoir si l'on a lieu de bien esperer du Grand Seigneur; ce qu'on en dit à la Cour où tu es, & s'il y a quelque apparence que l'on face de nouveau la guerre aux infideles.

Ma santé est assez bonne, je vis icy sans qu'on ait aucun soupçon de moy, & quoyque le Cardinal de Richelieu soit un Argus, pour ce qui me regarde il est aveugle, ou il n'a rien penetré de mon ministere, ou il feint habilement de n'en sçavoir rien : mais aussi je ne fais quoy que ce soit qui me puisse faire regarder comme un ennemi. D'ailleurs je t'assure que j'aime Dieu, que j'ay un grand respect pour sa Loy, & que j'execute ma commission avec beaucoup de fidelité ; si tu veux que je fasse davantage, avertis l'ami que tu sçais, montre-moy l'exemple, & vis heureux.

*A Paris le vingt-deux de la dixiéme Lune de 1641.*

**LETTRE**

# LETTRE

## LXXXV.

*A*

# BERBER MVSTAFA
*Aga.*

*A Conſtantinople.*

NOUS ſommes arri-
vez à la fin de l'an-
née que les Infideles
ſolemniſent par des feux de
joye, & que je marque par

*III. Partie.*      T

une tristesse extraordinaire.
Je ne me plains point de ce
que le temps se rendant le
maistre de mon cœur va bien-
tost commencer à l'affoiblir,
je comprens l'inutilité des
vœux qu'on fait pour obtenir du Ciel une longue vie :
ceux qui la demandent ont
accoûtumé d'en faire de contraires, quand il arrive qu'ils
font accablez des maux qui
fuivent la viellesse le plus
souvent, lorsqu'ils y font enfin arrivez. Ce qui me fait
plaindre est d'une autre nature : je me plains d'estre éloigné de mes amis & de ma
patrie, & relegué dans un
pays ennemy, où il faut que
je vive en homme qui craint
tout, parmi des gens qui pa-

roiflent ne faire cas de rien.

Tu as déja plus de cin-
quante ans, & je n'en ay que
trente-deux : cependant je
fçai que tu n'y fais aucune
reflexion , & que tu ne fon-
ges qu'à vivre long-temps, tu
as beaucoup de fanté , tu aimes les plaifirs de la vie, &
tu les cherches fans penfer à
la mort , qui ne t'épargnera
pas plus que les autres dont
la fanté eft foible , & qui s'a-
vance à grands pas vers nous.
Tu es heureux, je l'avouë, de
pouvoir conferver dans un
corps fi proche de la vieillefle
l'efprit d'un jeune homme,
bien éloigné de la difpofition
où je fuis , puifque lorfque tu
as une grande application à
chercher des divertiffemens,

T ij

je penſe continuellement à la mort, parce que je croy avoir déja trop vécu.

Si le Roy chez qui je me trouve ou le Cardinal ſon premier Miniſtre ſçavoient cette nuit que Mahmut qui t'écrit eſt un eſpion du Grand Seigneur, peut-eſtre aurois-je perdu la vie avant que le jour fuſt venu : la crainte d'une pareille avanture, ne me donne neanmoins aucune inquietude, parce que je me ſuis entierement ſacrifié au Maiſtre que je ſers qui commande à tous les hommes de la terre. Si ces Barbares me font mourir, je ne ferai qu'achever un peu plûtoſt ce qu'il eſt certain que je dois faire un jour, & ſi je vis, je n'au-

ray ni recompense à attendre
ni peine à apprehender.

On a publié icy beaucoup
de choses du Duc de Lorraine, & on a fait contre luy
plus de choses qu'on en a dites. Les François soûtiennent qu'en dépouillant ce
Prince de ses Etats, on a usé
d'une clemence extraordinaire, & que la justice en de-
mandoit davantage. Il y a
des gens au contraire qui ne
croyent pas qu'il fust possible
de faire une plus grande injustice, & enfin chacun parle
à sa mode.

On dit encore que ce Sou-
verain estant rentré dans les
bonnes graces du Roy, qui
luy avoit donné mille témoi-
gnages de bienveillance, aprés

T iij

ce qui s'eſtoit paſſé en 1634.
où cette Cour avoit eu de
tres-grands ſujets de ſe plaindre de ſa conduite, il s'eſt
attiré de nouveau l'indignation de la France par une
faute qui ne ſe peut ex-
cuſer. Il me ſemble que ce
Duc avoit conclu deux Traittez cette année, qu'il avoit
promis une ſoûmiſſion &
obeïſſance éternelle ; qu'il
avoit eu l'honneur de manger avec le Roy, & qu'aprés
luy avoir rendu hommage
pour le Duché de Bar, il s'eſt
de nouveau jetté entre les
bras des Auſtrichiens : quoy-
qu'il euſt juré ſur les Evangi-
les, livre reſpecté des Chré-
tiens, comme parmi les veritables Fideles eſt l'Alcoran,

qu'il ne quitteroit jamais le
parti de la France quelque
guerre qu'elle puſt avoir, qu'il
ſeroit éternellement attaché
à cette Couronne , & qu'il
n'auroit jamais aucune liaiſon
avec la Maiſon d'Auſtriche,
moyennant quoy Louïs re-
mettroit ce Prince dans ſon
Etat qu'il luy rendoit tout
entier à la réſerve de quelques places , & la Capitale
qu'on nomme Nanci qu'il re-
tenoit pendant la guerre,
pour luy ſervir de garant
de la foy ſi ſolennellement
jurée , qu'on devoit ren-
dre auſſi-toſt aprés la con-
cluſion de la paix. On ajoûte que ce Souverain ayant ſujet de ſe plaindre des Miniſtres Eſpagnols & des Grands

de cette Nation qui font la guerre en Flandre, il avoit écrit au Cardinal Infant Gouverneur des Pays Bas, une lettre dont voicy les termes à peu prés.

*Le Roy de France m'ayant ordonné de me joindre avec mes troupes à son armée prés de Sedan, je n'ay pas voulu obeïr à un Roy si puissant : j'obeïray encore moins à vostre Altesse, quand les villes sujettes des Espagnols me traittent comme si j'en estois ennemi.*

Les Dames ont eu grand part à cét accommodement du Duc de Lorraine, qui a eu comme tous les ouvrages des femmes un évenement funeste : ce Prince estant devenu amoureux d'une Dame Fran-

çoisé a voulu repudier sa femme legitime à qui il doit tout
son bien , commençant par
se separer d'elle , pendant
qu'il se donnoit tout entier à
la Comtesse de Cantecroix
qu'il traittoit comme sa veritable femme.

Les gens de bien déplorent
la disgrace de ce malheureux
Prince, & ils ne croyent pas
qu'il y ait de remede. Les
devots soûtiennent qu'ayant
esté dépouillé injustement de
son bien Dieu fera des mira-
cles en sa faveur, affectant de
dire que la Maison de Lorraine recite les Litanies des
Saints qui sont venus de sa
race , & elle compte trois
cens Saints qu'elle croit qui
luy donnent un grand credit

dans le Ciel , parmi lesquels est le fameux Godefroy de Boüillon qui avoit conquis la ville de Jerusalem & toute la Palestine sur les Sarrasins ; que nous ne pouvons nier qui n'ait pas esté un grand homme, dont la valeur pouvoit estre comparée à celle des plus grands Capitaines, & que le zele qu'il a témoigné pour sa Religion doit aussi rendre fort recommendable parmi les siens.

Je ne sçaurois te rien dire de plus seur sur ce sujet, ayant cherché à estre informé de ce que je t'écris simplement pour satisfaire ta curiosité: & tout ce que je te viens de dire s'est passé en France sans beaucoup de bruit ; ou tout

au moins avec un fi grand filence pour moi, que j'ay honte de t'avoüer que j'ay efté
le feul affez fourd pour n'a-
voir pas entendu dans Paris
une chofe qui a fait tant de
bruit en l'Europe.

L'homme n'a rien qui ne
luy vienne du Ciel : & d'ordinaire le plus fort quand il a
la juftice pour lui, foûmet le
plus foible, & s'enrichit de
fes dépoüilles.

Par la loy de nature chacun
a droit d'eftre juge de fes
propres neceffitez & de la
grandeur du peril où il fe
trouve ; & s'il eft contre la
raifon que je fois juge de
mon propre danger, il eft rai-
fonnable qu'un autre le foit.

Mais la mesme raison qui é-
tablit un autre juge de ce
qui me regarde, m'a fait aussi
son juge ; & par consequent
me donne l'autorité de juger
de la sentence qu'il aura donnée contre moy, & de decider si elle est juste quand elle
m'est favorable , ou injuste si
elle est contraire à mes interests.

La nature a tout donné
aux hommes, & toy & moy
& tous les hommes avons
une égale authorité sur toutes choses , & par là nous
avons le pouvoir de faire
tout ce que nous voulons, de
posseder & de jouyr de tout
ce que nous croyons qui en
peut estre digne : & cepen-

dant un droit si étendu est
tout comme si nous n'avions
droit sur rien ; car en mesme
temps que j'aurai droit sur une
chose qui me plaist & qui me
convient , un autre plus fort
en vertu du mesme droit me
l'enleve & en jouyt malgré
moy. Ce qui fait qu'un homme en attaque un autre avec
le mesme droit qu'il se dé-
fend, d'où viennent , & d'où
naistront toûjours les sujets
de jalousies & de discordes
qui y sont parmi les hom-
mes , qui leur font avoir de
continuelles défiances les uns
des autres , & un chacun
cherche le plus souvent à
surprendre son compagnon.
C'est cette liberté établie dans

la nature qui fait qu'il eſt permis en temps de guerre de reſiſter & d'attaquer non ſeulement avec la force ouverte, mais avec toutes les ruſes & les ſtratagemes qu'on peut inventer ; & quand un homme veut éviter le danger où il ſeroit en ſe battant , & qu'il a ſon ennémi entre ſes mains il a le pouvoir de prendre toutes ſes precautions pour l'éviter , & pour s'aſſûrer contre luy.

Tu approuveras ma reflexion qui te fait connoiſtre le droit naturel que tu as de me commander eſtant au deſſus de moy ; & par tout ce que je viens de t'écrire , je croy avoir ſatisfait ta curioſité & j'eſpere par ma ſoûmiſſion &

mon exactitude à t'obeïr, satisfaire à ton amitie.

*A Paris le vingt-quatre de la derniere Lune de 1641.*

# LETTRE

## LXXXVI.

### *A BREDEDIN*
*Superieur des Dervis*
*de Cogni.*

### *De Natolie.*

ROUVES-BON, ſaint
& patient Dervis que
je te ſaluë la teſte
penchée juſqu'à ter-
re, avec la plus grande humilité

milité que je puiſſe faire. Je
t'écris preſentement les pieds
nuds ſans aucune chauſſure,
pour marquer davantage
mon reſpect, & la veneration
que j'ay pour ta ſainte vieilleſſe, & l'admiration que j'ay
conçûë pour ton innocen-
ce incorruptible. La bienveillance que tu me té-
moignes par la longue lettre
que j'ay reçûë de toy, m'a
donné une joye que je ne
puis exprimer, qui me fait
oublier mes peines paſſées, &
m'empeſche de penſer à celles qui me peuvent arriver,
& je ne me ſoucie plus preſentement de mourir puiſque
je ſuis aſſûré que tu m'aimes.
Ta grande vieilleſſe ne me
fait plus de peur, puiſque

*III. Partie.* V

ton pere qui vit encore a cent
sept ans , & que tu n'en as
que quatre-vingt-deux , ce
qui me donne lieu d'esperer
de voir encore long-temps
l'un & l'autre attirer par leurs
prieres, & le merite de leurs
bonnes actions les benedictions du Ciel sur l'Empire
glorieux des Ottomans aus-
quels toutes les Monarchies
& Souverainetez du monde
doivent estre soûmises. Les
trente freres qui se presente-
rent à Zelim pour estre envoyez dans les troupes qui
devoient servir contre les Per-
ses , firent passer le pere qui
les avoit eüs d'une seule femme pour le plus heureux de
tous les Muzulmans , pour
avoir eu le bonheur d'engen-

drer une si grande quantité de
la plus noble espece qui se
trouve dans la nature. Mais
ton pere & toy devez estre
beaucoup plus heureux que ce
pere si fertile. Ton pere a
combattu & est sorti victorieux de la perversité du siecle plein de maux & de souffrances, par la force de son
courage, par l'innocence de
ses mœurs, & sa grande so-
brieté : & toy que n'as tu
point fait pour paroistre le
digne fils d'un pere si glorieux:
tu as non seulement fait ce
que ton pere avoit fait avant
toy, tu as acquis ses mesmes
vertus, & tu les as passées de
si loin qu'on pourroit dire
que tu as passé la vertu même, & on admire aujourd'huy

ta force au milieu des abſti-
nences & des autres auſteri-
tez que tu fais, dans leſquel-
les on peut eſtre aſſûré que tu
ne ſeras point imité. Mais le
Ciel pour qui tu vis ſeulement
veut dés ce monde recom-
penſer ta foy pure, & à laquelle il eſt impoſſible à l'ennemi des hommes de donner
aucune atteinte.

Les Chreſtiens diſent que
lorſque Dieu leur a donné
des preceptes, il n'a promis
une longue vie qu'à ceux qui
honorent parfaitement ceux
à qui ils doivent le jour. Si
cela eſt vray, comme il eſt juſte, qu'on ait un grand reſpect pour ceux qui nous ont
donné l'eſtre, on ne peut douter qu'une longue vie ne ſoit

la recompenfe que Dieu donne à ceux qui vivent bien :
& les Nazaréens qui font
critiques foûtiennent que le
peché feul eft caufe que les
hommes ne vivent plus comme ils faifoient avant le deluge, qui a efté un chaftiment
du peché , avant lequel leur
vie duroit fi long-temps qu'il
parroiffoit qu'ils dûffent eftre
immortels. Ils difent qu'aprés
le deluge Dieu a changé la
nature des hommes, & qu'au
lieu de ce grand nombre
d'années qui faifoient le cours
d'une fi longue vie , ils ne
peuvent vivre tout au plus que
fix vingt-ans, & que mefme il
y en a peu qui arrivent jufqu'à quatre-vingt , & que tout
ce qu'on vit par deffus , eft

paſſer ſes jours dans une mi-
ſere & un tourment conti-
nuel, ou dans une imbecilli-
té qui nous rend ſemblable
aux beſtes.

Je ne vois guere de gens
qui ne conviennent qu'on
peut guerir & ſoulager les
maux qui nous arrivent, mais
il y en a peu qui ſoient per-
ſuadez qu'on puiſſe allonger
la vie, & s'il eſt poſſible on
peut ajoûter foy à une hiſtoi-
re qu'on croit icy d'une choſe arrivée l'an paſſé dans Paris meſme.

Un vieillard alla trouver un
des plus ſçavans Dervis de
cette grande ville & luy parla ainſi : Je ſuis venu, ſçavant
Religieux, pour ſçavoir de
toy ſi je puis ſans bleſſer ma

conscience me resoudre à ne
plus vivre , parce que je suis
ennuyé de la vie. J'ay vécu
cent vingt-neuf ans par le
moyen d'une liqueur que la
Chymie m'a appris à compo-
ser. Je suis parvenu par le
moyen de ce breuvage à l'âge
que j'ay sans m'appercevoir
que je vieillissois , avec cette
circonstance neanmoins que
cette vie si longue me paroist
presentement un supplice.
Mon sang s'est tellement pu-
rifié dans mes veines que je
suis demeuré sans aucune des
passions où l'homme est d'ordinaire sujet. Mon goust ne
me sert plus pour connoistre
la delicatesse des viandes.
Mon aureille quoyque je ne
sois point sourd ne m'aide

point à diftinguer la veritable harmonie de ce qui n'eft qu'une confufion de fons. Mes yeux font ouverts pour voir, mais ils ne font réjouys d'aucun objet. Mon odorat eft frappé des fenteurs fans toutefois qu'elles luy faffent aucune impreffion. Je touche mais je ne fens point ce que je touche, & je touche tout indifferemment. Mon cœur n'eft plus fenfible, & il n'eft pas touché de la tendreffe ni de l'attachement de mes amis. La bille en moy n'a plus fon ordinaire chaleur. La joye & la douleur, la colere, le defir d'avoir, l'efperance, la hayne & la bienveillance tout eft éteint en moy, & par là devenu infenfible en confervant

pour

pour ainſi dire tous mes ſens,
je ſuis reſolu à me laiſſer
mourir, ſi tu m'aſſûres que
je le puis ſans crime: pourvû
que je ſois deux jours ſans
prendre de cet elixir precieux, je ſuis aſſûré que je
ceſſerai de vivre, & je ſe-
rai par là délivré de l'en-
nui qui m'accable. On aſſûre que le Dervis répondit à
ce Philoſophe, qu'il ne luy
eſtoit pas permis de deſirer la
mort, qu'il devoit au contraire conſerver ſa vie, & que
pourvû qu'il ne ſe ſerviſt d'aucun ſecret de magie pour allonger ſes jours, il devoit
eſtre perſuadé que le breuvage merveilleux dont il avoit
trouvé le ſecret par ſon étude & ſon travail eſtoit un

*III. Partie.*                    X

preſent du Ciel ; qu'il eſtoit
vray qu'il quitteroit une vie
ennuyeuſe, mais qu'il ne s'en
pouvoit procurer la fin ſans
crime, & qu'il eſtoit obligé à
la conſerver pour y ſouffrir
avec une grande ſoûmiſſion
les peines dont il ſe plaignoit
qui ne pouvoient eſtre com-
parables au plaiſir qu'il avoit
eu en jouyſſant du preſent
que Dieu luy avoit fait. Que
le Tout-Puiſſant prolonge tes
jours, juſques au delà de
ceux de ce Philoſophe ; qu'il
les accompagne de tout ce qui
te peut donner une conti-
nuelle ſatisfaction ; mais je le
prie qu'il ne t'oſtes jamais de
la memoire la promeſſe que
tu m'as faite d'avoir toûjours de la bienveillance pour

ton serviteur Mahmut qui
revere ta sainteté.

*A Paris le quinziéme de la
premiére Lune de 1642.*

X ij

# LETTRE

## LXXXVII.

### *AU*

### *REDOUTABLE Vifir Azem.*

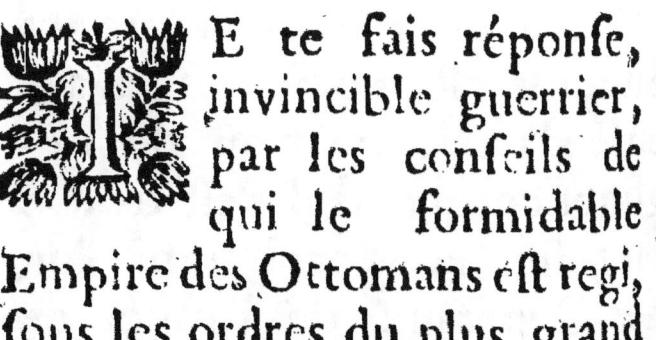E te fais réponfe, invincible guerrier, par les confeils de qui le formidable Empire des Ottomans eft regi, fous les ordres du plus grand

& du plus puiſſant des Princes de la terre, & dont le bras
eſt redoutable à toutes les
Puiſſances du monde. J'ay lû
la lettre dont tu as honoré le
plus ſoûmis de tes eſclaves,
avec toute l'humilité qui eſt
dûë à la grandeur ſublime où
ton merite t'a élevé ; & aprés
m'eſtre jetté à tes pieds en
eſprit, puiſqu'il ne m'eſt pas
permis de les baiſer veritablement , j'obeïs aux ordres que
tu me donnes qui ſont pour
mey des loix inviolables.

Le Banniere general des
Suedois eſt mort, on l'a ac-
cuſé d'avoir eu trop de negligence quand il s'eſt trouvé
en teſte de Piccolomini l'un
des Generaux de l'armée de
l'Empereur. Dans une demie-

X iij

heure de temps il avoit ſçû
ſe ſauver, ſauver l'armée,
tout le bagage & le canon,
& il s'eſtoit retiré avec une
viſteſſe incroyable par des
montagnes impraticables &
des foreſts où les beſtes ſeules
ſe pouvoient faire des paſſa-
ges, ayant toûjours l'armée
ennemie derriere luy. C'eſtoit
un homme d'une grande va-
leur qui avoit ſervi fort utilement la Couronne de Suede,
& qui s'eſtoit acquis la reputation de grand Capitaine.
L'Empereur luy avoit offert il
n'y avoit pas long-temps de
grandes recompenſes, & la dignité de Prince de l'Empire,
s'il euſt voulu changer de
Maiſtre & abandonner le parti des Alliez. Il luy avoit

mefme propofé , croyant le
toucher davantage, de le faire General de fon armée contre le Grand Seigneur, mais
il refufa tout ce qu'on luy offrit, & on ne pût jamais donner d'atteinte à fa fidelité.

Ce grand Capitaine eftoit
né en Suede , & n'eftant encore qu'un enfant, il eftoit
tombé d'une feneftre fort haute fans fe faire aucun mal,
ce qui fit juger au Roy même
que le Ciel le deftinoit à
quelque chofe de grand. Pendant fa jeuneffe il voyagea
beaucoup , & on le vit, fans
qu'il puft fe laffer, courir dans
tous les lieux où il y avoit de
la guerre, tantoft en Pologne
& tantoft en Mofcovie , &
eftant devenu General de

X iiij

l'armée de son Roy , il eut
bien-tost acquis la reputation
d'un des plus grands Capitaines du Nord. Il sçavoit
parfaitement se camper personne ne sçavoit mieux se
mettre en bataille , & on avoit
toûjours admiré la maniere
dont il se retiroit devant une
armée plus forte que la sienne ; il prenoit toûjours bien
ses postes , & quand une fois
il les avoit occupez , il les
sçavoit bien deffendre , & jamais il n'a esté deffait quelques forces qu'ayent pû avoir
ses ennemis. Il a fait perir
plus de quatre-vingts-mille
hommes en differentes occasions où il a combattu , & la
Suede se vante d'en avoir eu
plus de six cens drapeaux ou

étendarts. Il reſſembloit ſi fort au Roy Guſtave qu'on les a ſouvent pris l'un pour l'autre. Il ne fut jamais avare, mais on remarque qu'il fut bon ménager. Parmi tant d'occaſions où il s'eſt ſignalé, on eſtime particulierement ce qu'il fit quand l'armée Suedoiſe fut battuë à Norlingue, il en conſerva les reſtes tout abandonné des Alliez qu'il eſtoit, & il fit ſi bien qu'il mit ſur pied de nouvelles troupes preſque en un inſtant, & redonna à ſon parti le temps & le courage de ſe relever: c'eſt tout ce que j'ay pû apprendre de ce grand Capitaine dont la reputation t'a donné de la curioſité.

Bien-que Don Duarte de

Braganſe frere du nouveau Roy de Portugal ſervit avec beaucoup de diſtinction dans l'armée de l'Empereur. On dit que les Eſpagnols avoient preſ-ſé ce Monarque de le faire ar-reſter auſſi-toſt qu'ils avoient appris que le Roy ſon frere avoit eſté élevé ſur le throne; & On aſſûre que l'Empereur a-voit eſté étonné & meſme ſcandaliſé d'une telle propo-ſition, alleguant le droit des gens & de l'hoſpitalité, pour ſe deffendre de conſentir à une pareille injuſtice, mais que le Confeſſeur de l'Impe-ratrice ſa femme avoit trouvé des raiſons dans ſa Theologie qui l'avoient perſuadé à y donner les mains. D. Duar-te a eſté arreſté, on l'a mené

sur le Danube jusqu'à Ratif-
bonne, où il a esté mis entre
les mains des Ministres d'Espagne, qui l'ont fait conduire avec une escorte tres-forte
dans le Chasteau de Milan
où on le garde avec un grand
soin, & d'où il n'y a pas d'apparence qu'il sorte que lorsque le Roy son frere rendra
la Couronne de Portugal à
Philippes quatriéme Roy d'Espagne.

J'écrirai ce qui reste au
Kaimakan qui a l'honneur
d'estre ton Lieutenant, pour
ne pas t'ennuyer, toy qu'on
doit reverer comme l'instrument des volontez du Maistre
des lumieres, & dont toutes
les heures sont destinées pour
le gouvernement du monde.

Plaise à celuy qui de rien
a creé toutes choses que tu
puisses mettre un jour aux
pieds du Grand Seigneur les
couronnes de tous les Princes qui commandent dans les
terres occupées par les Nazaréens, & que tu sois par là
l'arbitre de l'Univers.

*A Paris le dix-huitiéme de la pre-
miere Lune de 1642.*

# LETTRE

## LXXXVIII.

### AU

### CAIMAKAM.

*à Constantinople.*

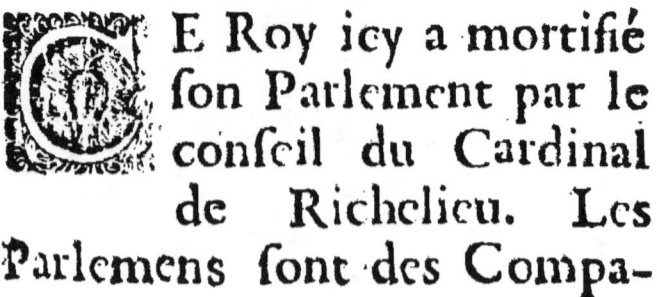

E Roy icy a mortifié son Parlement par le conseil du Cardinal de Richelieu. Les Parlemens sont des Compa-

gnies de gens de lettres qui
decident de toutes les affaires du Royaume tant civiles
que criminelles , & le Parlement de Paris a une jurifdi-
ction plus étenduë que tous
les autres , & des prerogati-
ves plus confiderables. Ce
que j'ai à te dire là deſſus eſt
arrivé dés l'année derniere,
& je te le rapporte aujour-
d'huy , parce que je viens de
me ſouvenir que j'ai oublié
de le faire quand la choſe arriva , & je te dirai avant que
d'entrer en matiere , ce qui
obligea autrefois les Rois à
établir ce puiſſant Tribunal.

Les anciens Rois de Fran-
ce aprés l'avoir creé luy don-
nerent l'authorité d'approu-
ver & de verifier les Edits &

les Declarations qu'ils feroient, qui fut une barriere
que ces sages Princes voulurent mettre entre les peuples
& l'authorité Souveraine. Il
paroissoit par là que la Monarchie estoit mélée d'Aristo-
cratie, sans laquelle les Sages
ont crû que les Etats ne pouvoient pas subsister long-
temps. Et les Princes de ce
siecle voulurent bien soûmet-
tre à un Tribunal établi par
eux-mesmes les resolutions
qu'ils prennoient, afin de se
disculper envers Dieu à qui
ils doivent rendre compte
comme les autres hommes,
& pour s'acquerir de la confiance auprés de leurs sujets,
en prenant parmi eux des arbitres qui devoient les re-

gler. Ils se reserverent pourtant toûjours la liberté de se servir du pouvoir absolu comme on le voit dans leurs Lettres Patentes, où ils n'oublient point à mettre ces paroles: [ Car tel est nostre plaisir. ] Ces Monarques crurent aussi avoir trouvé par là un moyen de se deffendre des importunitez des Grands, qui faisoient souvent des demandes qu'il auroit esté tres-prejudiciable au Royaume de leur accorder.

L'autorité du Roy qui regne se trouvant hors d'état de pouvoir estre non seulement ébranlée, mais pas même attaquée, parce que ce Monarque a son Espargne remplie, qu'il a des Capitaines
nes

nes vaillans & experimentez, des soldats dont la valeur ne cede point à ceux dont a dit plus de choses extraordinaires, des armées nombreuses & bien disciplinées, & des forces de mer suffisantes pour donner de la terreur à tous ses ennemis, il voulut faire connoistre à ce puissant Tribunal que s'il avoit esté establi pour ayder les Rois de ses conseils quand ils en seroit requis, il n'avoit pas dû pretendre que ses Decrets dûssent estre des loix pour leurs Souverains. Il alla au Parlement avec toutes les marques de grandeur dont il est d'ordinaire environné ces jours de ceremonie, & une si grande foule de Seigneurs

Y

qu'il estoit aisé de juger de
la puissance de ce Monarque.
Il fit entendre à ces Messieurs qui composent cette
Compagnie qu'il pretendoit
qu'ils ratifiassent sans y repli-
quer, les ordres qu'il voudroit
leur envoyer, qu'on nomme
des Edits, & qu'il vouloit
qu'ils fussent aussi-tost enregi-
strez. Il leur fit aprés défense
expresse de se mesler en aucune façon des affaires de
l'Etat; & pour les abaisser
davantage, il leur declara
qu'il seroit desormais & dis-
pensateur des graces, qu'il
disposeroit des Charges, pour
en pourvoir ceux qui le me-
riteroient, & qu'il ordonne-
roit des recompenses à ceux
qu'il en jugeroit dignes. Il

ajoûta à cela un ordre de
rendre compte tous les ans à
fon Chancellier de leurs de-
portemens, & de venir recevoir tous les ans l'approbation
de Sa Majefté pour continuer
l'exercice de leurs Charges ; &
pour marquer encore davantage fon indignation & fa
puiffance , il interdifit un
Préfident & quelques Con-
feillers.

Cette action hardie & po-
litique fut faite pour ainfi
dire au milieu des danfes &
des divertiffemens, pour marquer encore davantage la
grande autorité du Monar-
que, & pendant qu'on faifoit
des feftes magnifiques avec
une pompe digne des plus
grands Empereurs , dans le

Palais du Cardinal favori,
pour le mariage de sa niéce
Mademoiselle de Brezé avec
le fils aîné du Prince de Con-
dé appellé le Duc d'Anguien,
Prince dont tout le monde
attend de grandes choses, &
que toute la France est per-
suadée devoir estre un jour
un des plus grands hommes
qui soient sortis du sang de
ses Rois.

Les Catalans sont obstinez
dans leur revolte, l'on a déja
vû dans cette Cour leurs De-
putez pour demander un secours puissant à ce Roy-cy,
& on ne doute pas qu'ils ne
veuillent s'en faire un maistre
pour s'en faire sûrement un
protecteur. La France a déja
mesme envoyé des troupes

de ce cofté-là & fon armée
navalle paroift déja fur les
Coftes pour affûrer cette nation & intimider les Efpagnols. On leve une prodi-
gieufe quantité de trouppes,
& ce Monarque doit avoir
au Printemps huit armées
commandées par des Gene-
raux d'une grande valeur, &
d'une experience confommée,
qui intimident autant fes ennemis que le nombre prodi-
gieux de fes foldats, & avec
cela il aura deux armées na-
valles : de forte que l'Allemagne, la Lorraine, les Pays-
Bas, la Catalogne, le Rouf-
fillon & l'Italie vont eftre expofez aux malheurs d'une
guerre ruïneufe ; l'Allemagne
feule me paroift en eftat de

Y iij

se deffendre & mesme de faire des progrés.

Le vaste genie du Ministre François étonne tous les Princes de l'Europe, il rompt tous leurs projets & il leur fait une guerre secrette dans leurs Cours mesme, qui leur renverse tellement la teste qu'ils ne sçavent à quoy se resoudre. Rien ne peut tromper sa vigilance, il observe un secret si grand que ses amis les plus attachez & les plus clairvoyans ne peuvent en rien découvrir. Ses ennemis sont étonnez de son intrepidité, & son Maistre luy donne une autorité utile, mais si grande qu'il paroist luy estre associé à la Couronne, ce qui fait qu'il est au dessus de tout dans le Royaume, & que rien ne luy peut eſtre égal ; & ſon pouvoir ne peut pas meſme eſtre balancé par les Princes du Sang Royal. Son credit & ſon genie ſuperieur à tous les autres le fait redouter. Mais comme il donne de l'admiration autant que de crainte, qu'il recompenſe la vertu, & qu'il oblige ſes amis autant qu'il pouſſe ſes ennemis , ou ceux de l'Etat. Il eſt fort reſpeſté & aimé ; meſme des Nations étrangeres , ce qui fait croire que ſon credit ne finira qu'avec ſa vie.

Ses amis ſoûtiennent qu'il n'ignore rien de ce qui ſe fait ou ſe projette de plus particulier dans l'Europe, & qu'il donne pour ainſi dire le mouvement à tout : & il n'y a que l'Angleterre qu'il n'a point encore attaquée, mais il faut qu'il n'y ayt aucun interest, & il a la satisfaction de voir que les occupations qu'elle a par ses dissentions domestiques la met hors d'état de pouvoir mettre aucun obstacle à aucun de ses desseins.

Je prie le Ciel qu'il favorise tes justes pretentions, & qu'il augmente tous les jours tes vertus heroiques.

*A Paris, le quinziéme de la premiére Lune de 1642.*

LETTRE

# LETTRE

# LXXXIX.

## AV

### TRES-EXCELLENT

*& tres-venerable Mufti,*
*Souverain Pontife de la*
*sainte Religion des fidéles*
*Mufulmans.*

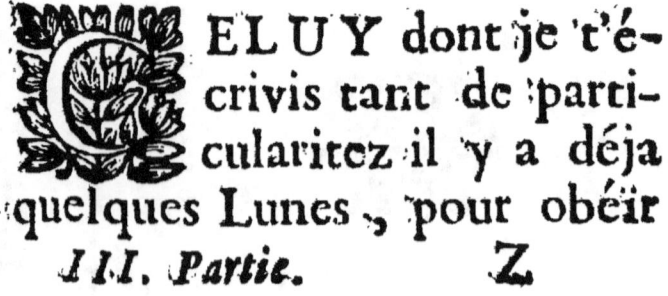ELUY dont je t'é-
crivis tant de parti-
cularitez il y a déja
quelques Lunes, pour obéïr

*III. Partie.* Z

comme je dois à l'exprés commandement que tu m'en avois
fait, non feulement vit encore, mais il eft plus abfolu que
jamais dans les chofes qui regardent fon miniftere. Il eft
pourtant faux que ce Cardinal de Richelieu, ne trouvant
plus rien, comme tu m'écris
qu'on le publie à Conftanti-
nople, dans les chofes d'icy
bas qui puiffe fatisfaire fon
ambition, qui fait qu'il defire
toûjours quelque chofe, s'é-
tant rendu le maiftre abfolu
de ce qui dépend du Royaume de Loüis XIII. ait
fongé à s'y rendre maiftre
abfolu de tout ce qui regarde la Religion. Cet hom-
me dont l'efprit vafte & le
bon fens ne fe peuvent affez

loüer, n'a jamais eu la penſée de ſe faire, comme tu me mandes, le Superieur G neral de tous les Dervis de Fran- ce, qui eſt ſans doute une choſe où les Papes, & les Rois Tres-Chreſtiens feront toûjours d'intelligence, pour l'empeſcher, en cas qu'il y euſt quelqu'un aſſez temeraire pour l'entreprendre.

Les heretiques Diſciples de Luther & de Calvin ſont ceux qui publient ces calomnies contre cet homme merveil- veilleux, qui eſt meſme l'ad- miration de ſes ennemis, par les grandes & ſublimes quali- tez qu'ils ſont obligez de re- connoiſtre en luy. Croy plû- toſt le plus venerable de ceux qui ont eſté les arbitres, &

les Pontifes de la Loy facrée de Dieu, qui nous a efté tranf-mife par fon faint Prophete, que ce grand Miniftre fonge inceffamment à fe faire l'ar-bitre de toutes les Nations qui adorent le Meffie, en les ren-dant ou fujettes ou dépen-dantes du Roy fon Maiftre. Ajoûte mefme que cet hom-me ambitieux devore déja, pour ainfi dire, par fa cupidi-té, les grands & vaftes Royau-mes, où le Divin Legiflateur de qui nous tenons le Livre facré de l'Alcoran eft en ve-neration, & reconnu pour le veritable envoyé de Dieu, afin de reformer les hommes & leur donner des Loix. Ré-crie toy fur le bon-heur ex-traordinaire de Richelieu, qui

n'a rien defiré qu'il n'ait obtenu, & qui n'a jamais fait de
procés, qu'il n'ait eu le plaifir de voir réüffir.

Avec la grande fageffe qu'a
ce Miniftre du premier des
Princes de la creance du
Meffie pour bien gouverner
un Etat, & le rendre redoutable à fes voifins, & aux
Peuples les plus éloignez, il
a une grande connoiffance
des affaires qui regardent le
Ciel, fuivant les principes de
la Loy des Chreftiens, & fa
profonde doctrine, luy fait
aimer paffionnement, à ce
qu'on voit, la Religion qu'il
profeffe, la défendre utilement contre ceux qui l'atta-
quent, & prendre foin d'é-
clairer ceux qui ont befoin

Z iij

de lumieres & d'inſtructions.

L'Empire Ottoman auroit quelque ſujet de craindre ſi les Preſtres de Rome eſtoient aſſez habiles pour élire cet homme là pour leur Souverain Pontife : on verroit en peu de temps toute l'Aſie agitée par les intrigues des Nazaréens contre les fideles Sectateurs du grand Mahomet, & ceux qui ſuivent Ali n'auroient pas un repos plus aſſuré. Tu n'ignores pas que les plus grandes marques de zele & de pieté que le Pape de Rome puiſſe donner pendant ſon Pontificat, eſt de nous ſuſciter des guerres, & de faire des Ligues pour renverſer l'Empire des Fideles. Penſes ce que pourroit faire cet grand homme s'il estoit le Chef des Chrestiens avec les connoissances qu'il a, & ces grandes intelligences qu'il entretient par tout, puisque n'étant que sujet, & ministre d'un seul Prince, il se gouverne de telle sorte qu'il n'y a point de Nation quelque éloignée qu'elle soit, qui n'ait les yeux ouverts sur sa conduite, pour regler la sienne, & comme l'on prend toûjours un Pape parmi les Cardinaux, & que le Pape qui regne est déja fort vieux, il pourroit bien arriver que cet homme si redoutable seroit élû en sa place.

Toy dont la vie pure nous fait croire que tu es veritablement Saint, prie le grand

Z iiij

Dieu qu'il empefche un évenement qui troubleroit fans
doute l'Empire de celuy qu'il
a choifi pour humilier les autres Potentats, & faire voir
fur la terre la grandeur de fa
puiffance ; & plûtoft qu'un
tel malheur nous arrive, prie
celuy qui a creé toutes chofes,
que cet homme foit éclairé
des lumieres de la veritable
foy, car il vaudroit mieux,
(Cela foit dit fans te déplai-
re) que ce Cardinal fuft un
mauvais Mufti à Conftanti-
nople, qu'un bon Pape dans
Rome à la tefte de tous les
Nazaréens.

On dit qu'un Roy étran-
ger a confulté cet oracle, car
la veneration qu'on a pour
luy le fait regarder ainfi, pour

ſçavoir quelle conduite il devoit tenir pour vivre avec ſureté, & on aſſure que le Cardinal a ainſi répondu à ce
Prince : Que les Rois ſçachent
craindre, & ils ſçauront vivre
avec ſureté ; il eſt certain qu'ils
ne recevront point de poiſon
de la main de celuy qui ne leur
preſentera point à boire, &
ils ne recevront point de bleſſures de ceux qu'ils tiendront
éloignez d'eux. Ceux qui ne
les flateront point ne les trom-
peront pas, & le lieu où ils ſe
croiront en plus grande ſureté ſera toûjours celuy où ils
ſeront dans un plus grand
peril.

Je ſuis perſuadé, ſage &
ſaint Pontife, que tu approuveras la réponſe de ce Mini-

ftre. Jules Cefar vécut au
milieu des combats, où l'on
voit fouvent mourir ceux qui
s'y trouvent, & il mourut au
milieu du Senat, où l'on a
accoûtumé de vivre. Aprés
Dieu, c'eſt toy grand Miniſtre du Ciel devant qui je
m'humilie davantage, & je te
fupplie de vouloir bien agréer
les profonds refpects de l'efclave Mahmut.

*A Paris le vingt-cinquiéme de
la deuxiéme Lune de 1642.*

# LETTRE

## LXXXX.

*A*

## S A M E R E

*O coumiche.*

*A Constantinople.*

ON diroit que je ne suis échappé d'une maladie mortelle, & que je ne suis demeuré en

vie , que pour entendre les
plaintes de mes amis qui me
content leurs malheurs , &
mes parens qui m'entretiennent des pertes qu'ils ont faites: tu ajoûtes , ma chere mere , un nouveau tourment à
tant de peines , & il sémble
que tu veüilles tourmenter ton
fils par les larmes inutiles que
tu répans. Que ma patrie est
cruelle puisqu'elle donne tant
de sujets d'affliction à ceux à
qui elle a donné la naissance.
Tu as perdu la plus grande
partie de ton bien dans l'embrasement de Constantinople,
& la mort t'a ravi ton second
mary. J'estois encore enfant
quand mon pere mourut, &
je ne pouvois alors juger de
ta douleur, ni de la perte que

je faisois. Presentement que
je suis dans un âge où je puis
sentir le bien & le mal, j'entre dans tes sentimens : je partage la peine que tu souffres,
& je ferai mon possible pour
t'en consoler.

Tu as perdu ton premier &
ton second mary, & tu t'en
affliges avec raison, si le premier estoit veritablement un
homme de bien, il est certain
que l'autre t'aimoit beaucoup : & les charmes de ton
visage ne t'ont pas peu servi pour acquerir l'affection
de ces deux epoux, que tu as
sçû conserver par tes complaisances, par une obeïssance aveugle à leurs volontez,
& par une si sage conduite
qu'on pourroit dire que tu les

aurois forcez à t'aimer par là,
quand ils n'auroient pas esté
aussi sensibles qu'ils ont paru
au pouvoir de ta beauté.

Cependant que ferons-nous
dans ton extréme affliction,
& dans l'accablement où je
suis des peines que tu souffres, qui font que je forme
mes caracteres avec les larmes que je répans. Il faut
cependant que nous fai-
sions quelque effort l'un &
l'autre pour nous consoler,
avec une ferme resolution de
ne nous affliger que lorsque nous aurons perdu des
choses qu'il ne sera plus en
nostre pouvoir de recouvrer.
Ainsi ma chere mere, il faut
que nous reservions nos larmes pour les reprendre lors-

que nous aurons fait des pertes irreparables. Toy de la
reputation que tu as acquiſe
d'une femme vertueuſe, &
moy celle d'un fort honneſte
homme.

Quand mon pere mourut
toute la Philoſophie ni l'élo-
quence des Grecs ne leur pouvoit fournir de quoy te conſo-
ler, ton affliction eſtoit plus forte que toutes leurs raiſons, &
lorſque ces officieux conſola-
teurs t'eurent quitté, on te
vit chercher du ſoulagement
à tes ennuys avec un nouvel
époux. C'eſt ce nouvel époux
que tu viens de perdre, mais
tu es encore en état d'empêcher que cette perte ne ſoit
pas irreparable. Ta vertu n'a
jamais eſté attaquée, & tu n'es

pas encore dans un âge si avancé que tu ne puisse penser à de nouvelles nopces. Cherche un troisiéme mary qui te fasse oublier la douleur que tu as d'avoir perdu le deuxiéme. Et si tu ne le trouves pas promptement, ou si tu as quelque peine à chercher un pareil soulagement à ton affliction, reçoi dans cette lettre les pleurs d'une autre mere qui te feront voir qu'il est une autre femme d'une plus grande élevation que toy, qui est beaucoup plus affligée.

Paris est encore tout plein des cris & des soûpirs qui sortent du cœur d'une Princesse, d'une grande importance, & qui tient un des premiers rangs. Elle vient de

perdre

perdre un grand Prince son
fils qui a esté tué dans une bataille qu'il avoit gagnée avec
une armée puissante , dont il
estoit General. Lis dans ma
lettre les vives & tendres
expressions de la douleur
de cette illustre mere, qu'elle ne contraint point de-
vant ses parens , ni ses amis,
mais qui tirent encore des larmes , & donne une veritable
compassion à ses ennemis , qui
sont obligez par les regles de
la bien-séance de luy rendre
des visites. Voici comme elle
parle tous les jours , toutes les
heures , & tous les moment
aux personnes qui la vont
voir; & quand il n'y a personne
elle se parle à elle-même ainsi

*III. Partie.*          A a

Cette infortunée n'eſt pas un moment ſans ſoûpirer, & ſans qu'une infinité de ſanglots ſortent de ſon eſtomac avec impetuoſité : & on diroit à ſon langage qu'elle pretend rappeller l'ame qui a abandonné le corps de ſon fils, le malheureux, Comte de Soiſſons. Pauvre Comte, fils ſi tendrement aimé, & qui meritoit tant de l'eſtre, où trouve t'on ton corps tout ſoüillé de ton ſang, & de celuy de tes ennemis? Quelle victoire? où ſont ſes marques glorieuſes qui me devoient donner tant de joye, & qui me cauſent un ſi grand deſeſpoir? Pourquoy t'ay-je mis au monde, fils infortuné, ſi je te

devois si tost perdre ? misera-
ble mere ! malheureux fils !
Comment as-tu pû être vainqueur, si je ne vois que ta
mort pour trophée de ta victoire ? J'entens dire de tous
costez que le Comte est victorieux, & j'entens de tous
costez ses ennemis qui se ré-
joüissent. Je vois mon cher
fils, retourner sans blessure
tous les domestiques qui t'a-
voient suivi & je ne vois point
leur maître. Aucun d'eux ne
me peut dire où il est, & en
quel lieu se trouve leur General, qui a combattu avec tant
de valeur, & avec tant de succez pour son parti, & dont
la victoire est si éclatante.
Mais ils demeurent tous d'ac-

cord que la bataille eſt gagnée, que mon fils eſt vainqueur, & qu'il a perdu la vie.
Malheureuſe battaille qui fait
également pleurer la mort du
General victorieux à ſa mere,
& la défaite aux vaincus. Plût
à Dieu que tu euſſes eſté vaincu, tu vivrois, mon cher fils,
& je ne ſerois point en état
de mourir pour te ſuivre. Ce
ne ſeroit point une honte d'a-
voir eſté défait, ce ne ſeroit
qu'un malheur, qui te ſeroit
commun avec Pompée & An-
nibal, qui furent deux grands
Capitaines à qui l'antiquité
n'a trouvé à redire que leur
mauvaiſe fortune. Une recon-
ciliation ſincere, un pardon,
ou une paix pouvoient faire

oublier tout le paſſé. Un exil
volontaire auroit appaiſé la
colere du Roy & peut-être
deſarmé le Cardinal ; mon fils
auroit vécu, la France n'auroit
pas eſté troublée, une Mere ne
ſeroit point aujourd'huy in-
conſolable ; & les ennemis du
Comte ne ſe réjoüiroient pas
de ſa perte. Mais pour mon
malheur rien de tout cela n'eſt
arrivé. Helas ! l'appuy d'une
illuſtre famille eſt mort : mere
malheureuſe toutes tes eſpe-
rances ſont évanouïes, mais,
juſte Ciel, comment ce cher
fils aura-t-il eſté privé de la
vie ? Je ne ſçay que trop que
ſes ennemis luy tendoient
continuellement des piéges :
Il me ſemble que je vois les

meurtriers de mon fils luy
donner le coup mortel au
plus fort de la meſlée, & dans
l'inſtant qu'il alloit joüir de
ſa victoire. Ah mon cher fils !
ah mere infortunée ! Pourquoy ne rends-je pas le dernier foûpir fur le Corps froid
& ſanglant de ce fils ſi digne
de l'eſtime de tout le monde,
& que j'aimois ſi cherement ?
Pourquoy, Miniſtre trop-puiſ-
fant, ne m'as-tu pas porté un
coup mortel , plûtoſt que de
me faire voir une ſi funeſ-
ſte tragedie. Donnez - moy
la mort vous qui m'écoutez,
ou toy , mon fils , donne-
moy la main pour décendre
au Tombeau , où tu dois
être enfeveli.

Mais ma raiſon s'égare , il

faut pour la gloire de mon fils
étoufer ces mouvemens de
foiblesse : il est vrai qu'il ne
vit plus, mais il est mort au
lit d'honneur, les armes à la
main, il est mort tout couvert de gloire, il est mort victorieux, & mesme en mou-
rant il a vaincu ses ennemis.
Cessons de verser des larmes,
mais que dis-je, il est mort
assassiné, c'est une victime sa-
crifiée à la vengeance de ses
ennemis par une noire trahison, je n'en doute point, &
je vivrois! Non il faut mourir,
imitons la grandeur & le courage de ces femmes illustres
qui se sont jettées sur le bu-
cher où l'on brûloit les corps
de leurs maris ; mon fils m'est
encore plus cher, mourrons

& ne pleurons plus : ces larmes font inutiles ; mais vivons puifque le Ciel l'ordonne, & vivons pour mourir tous les jours ; j'aurai prefente à tous momens à mes yeux la mort de mon fils, je verrai tous les jours fon corps fanglant, je me fouviendrai fans ceffe de fes refpects, des tendres attachemens qu'il avoit pour moy, & je n'oublierai point la tendre & violente paffion que j'ai euë pour ce fils, qui feul me faifoit aimer à vivre : mais au moins cruel Cardinal fais remettre en mes mains le corps de mon fils, tu es vengé, il ne vit plus : donne cette trifte confolation à une mere defolée, peut-eftre cette veûë fera-t-elle l'effet que tu fouhaittes souhaittes encore barbare ? elle unira mon ame à celle de mon fils.

Ma chere mere, si tu n'apprens à te consoler par un si grand exemple des malheurs d'une Princesse infortunée, il sera difficile à ton fils de te rien dire qui diminuë ta douleur : imite cette femme illustre qui aprés avoir souffert tout ce que l'affliction & le desespoir peuvent jetter dans l'ame d'une mere qui aime fortement & avec raison, se laisse enfin persuader à ne donner pas une entiere victoire à ses ennemis qui triomphoient encore de son fils par la douleur dont ils la voyoient accablée. Elle s'est renduë aux raisons de ses amis, &

*III. Partie.*        B b

aux ordres de la deftinée, elle
a fur tout eu une grande confolation d'une lettre que le
Roy regnant aujourd'hui en
France luy a écrite de fa main
dont voici les propres termes.

*Ma Coufine, la grande douleur
que vous faites paroiftre pour la
perte que vous venez de faire,
m'oblige à vous témoigner la part
que jy prens, & le deplaifir que
j'ay de la faute de celuy qui vous l'a
caufée. Et quoy-que je n'y dûffe
pas avoir de regret à caufe de la
conjončture où elle eft arrivée, je
ne laiffe pas de compâtir à voftre
affliction, & de vouloir contribuer
à vous en confoler autant que je
le pourrai.*

Je ne puis rien te dire de
plus ma tres honorée mere, fi
ce n'eft que tu auras toûjours

en moy un fils fort obeiſſant,
& ſi tu prens un troiſiéme
mary tu feras peut-eſtre moins
malheureuſe ; mais ſuis en cela les mouvemens de ton
cœur. Le grand Dieu cependant qui a créé les hommes,
& qui pourvoit à tous leurs
beſoins par ſa bonté infinie,
te conſole & te comble de
ſes benedictions.

*A Paris le vingt-cinq de la
deuxiéme Lune de 1642.*

# LETTRE

## LXXXXI.

### AU

## CHEF DU THRESOR
### du Grand Seigneur.

E Preftre qui faifoit l'homme de mer, que les François nomment l'Archevefque de Bourdeaux, de qui je crois t'avoir écrit quelques particularitez la dixiéme Lune de 1637. a

perdu le credit qu'il avoit auprés de son Roy, & est presentement disgracié. On est
fort revenu à la Cour de l'o-
pinion qu'on avoit qu'il estoit
homme d'une grande valeur,
parce qu'il n'a pas empesché
avec l'armée navale qu'il commandoit, que les Espagnols
ne jettassent du secours dans
Tarragone, Port de Mer fameux prés de Barcelone. Ils
avoient perdu l'an passé douze
Galeres dans un combat contre les forces maritimes de
France : mais ayant assemblé
une armée plus puissante, ils
ont jetté dans cette Place le
secours qu'ils ont voulu. L'Archevesque n'a pû ou n'a osé
s'y opposer, ce qui sera cause
que cette Place ne viendra

pas si-tost au pouvoir des François.

On dit que ce Prelat a esté banni de France, & qu'il s'est retiré dans une Ville située sur les bords du Rhosne, qu'on nomme Avignon, & qui est du Domaine du Pontife de Rome.

Comme on accable ordinairement les malheureux, tout le monde blasme ce Prelat, parce qu'il n'a pas toûjours réüssi également sur la Mer dans les emplois qu'il a recherchez, qui ne luy convenoient pas, & qu'il a negligé de faire les fonctions d'Archevesque, comme il le devoit, où il auroit facilement réüssi, en imitant son Predecesseur qui estoit son frere le

Cardinal de Sourdis, qui luy
avoit laiſſé un Dioceſe bien
reglé, riche, de belles Egliſes
bien deſervies, & de quantité
de Paſteurs d'une grande pieté,
& d'une doctrine peu ordinaire que ce grand Homme avoit
établis dans ſon Dioceſe avec
beaucoup de ſoin; auſſi a-t-il
laiſſé en mourant une grande
opinion de luy.

Les Catalans ſont enfin devenus ſujets de ce Roy, & ils
ſoûtiennent leur revolte avec
les forces des François, & ſe
fortifient à l'exemple des Portugais. Ils combattent avec
tant de courage qu'ils ſont
preſque toûjours vainqueurs:
mais je ne te ferai point de relation de leurs combats, ni du
ſang qui ſe répand chez eux,

des matieres que je ne traite point fans y eftre forcé. Que Dieu te faffe joüir d'une tranquilité continuelle, qu'il te faffe toûjours aimer la paix, & qu'il te conferve cet efprit vigilant fi neceffaire pour la garde du threfor qui t'a efté confié.

*A Paris le vingt-deux de la troifiéme Lune de 1642.*

# LETTRE

## LXXXXII.

### AU

### KAIMAKAM.

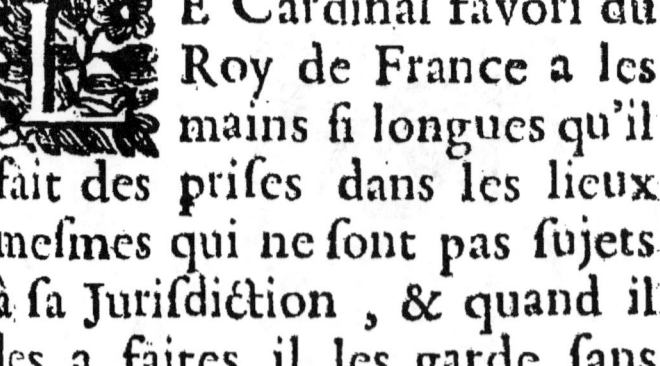

E Cardinal favori du Roy de France a les mains si longues qu'il fait des prises dans les lieux mesmes qui ne sont pas sujets à sa Jurisdiction, & quand il les a faites il les garde sans songer à les rendre. Il n'y a

pas d'apparence que ce Politique si hardi mette jamais les
mains sur ce qui appartient
aux Grands Seigneurs, mais
ce n'est pas sans raison que je
t'écris cecy.

On a conduit ces jours paf-
sez un illustre prisonnier dans
le Chasteau du Bois de Vin-
cenne, & tu seras surpris de
cette nouvelle maniere d'arrester un homme puissant,
dans la maison d'un autre & 
dans la Cour d'un Prince
étranger, Souverain, qui est
absolu dans ses Etats. Et rien
ne peut plus estre impossible
à un Ministre qui ose entreprendre des actions si hardies
qu'on peut les nommer des
attentats d'une temerité jufqu'à present inouïe.

Ce prisonnier fut arresté
au milieu des plus belles Dames de la Cour de Turin,
dans un bal magnifique que
la Duchesse Regente de cet
Etat donnoit dans son Palais.
C'est cette Princesse que je
t'ay mandé qui estoit veuve
de Victor-Amedée Duc de
Savoye, & sœur de ce Roy
qui regne aujourd'huy sur les
François avec un bon-heur si
continuel.

La Duchesse qui avoit
une consideration particulie-
re pour ce prisonnier, n'a
pas vû l'entreprise du Cardinal de Richelieu sans un violent dépit. On le nomme si
je ne me trompe le Comte
Philippes d'Aglié, homme de
grande qualité, & que les

perfections du corps, de l'esprit
& du courage rendent encore
plus recommandable que sa
naissance.

On n'a pû jusqu'icy penetrer
pourquoy le Cardinal a entre-
pris un coup si hardi : quoy-
qu'on publie que le Conseil
de France a eu de fortes raisons de s'assurer de la personne
de ce favori; la principale
est, à ce qu'on dit, d'avoir tra-
mé quelque chose de contraire aux interests de cette Couronne avec le Cardinal de Savoye à qui on soupçonne qu'il
avoit dessein de faire épou-
ser la veuve d'Amedée son
frere.

Le Richelieu ne s'est porté
à faire arrester le Comte Philippe, qu'aprés avoir fait plu-

fieurs tentatives pour l'éloigner de la Cour de Turin fous pretexte de quelque Ambaffade où il n'avoit jamais voulu confentir, & fon opiniaftreté luy coufte aujourd'huy la liberté qu'il vient de perdre.

La Duchefse fe plaint fort, & reproche au Roy fon frere le Droit des Gens violé & tous les droits de Souveraineté, mais il n'y a que fa Cour qui foit fenfible à fes plaintes, on ne les entend point en celle de France, & on y a vû fon Ambaffadeur dans un état de fuppliant demander humblement au Roy la liberté du Comte, ou qu'on l'envoye Ambaffadeur à Rome auprés du Pape, ou tout au moins qu'en fortant du

Chafteau de Vincennes, or
luy donne la ville de Paris
pour prifon.

Le Cardinal a répondu aux
fupplications de l'Ambafia-
deur de Savoye que le Roy
fon maiftre ne s'eft porté à
faire arrefter Philippes & le
faire amener en France que
pour les interefts de Madame-
Royalle fa fœur, & qu'elle
devoit eftre affurée qu'à fa
confideration on le traiteroit
bien.

Tu vois à cette réponfe une
grande hauteur, & des raifons bien frivoles qui marquent affez que ce grand Miniftre n'aime pas à eftre con-
tredit, ny trouver d'obftacle
aux refolutions qu'il prend,
& fi on devoit rendre compte

à un homme feul de ce qui fe
paſſe dans le monde, il fouf-
friroit fort impatiamment que
ce fuſt à un autre qu'à luy.

Je ne manquerai pas de
t'envoyer les livres que tu
demandes, & je t'informerai
le mieux que je pourrai du
faux ou veritable D. Sebaſtien Roy de Portugal, que
ſes ſujets croient encore en
vie, lorſque j'aurai fait toutes les diligences neceſſaires
pour en ſçavoir la verité. Je
baiſe avec une profonde humilité le bord de ta riche
veſte, ſur laquelle j'attache les
levres d'un eſclave reſpe-
ctueux & obéiſſant.

*A Paris le 21. de la 3. Lune de*
*1642.*

# LETTRE

## LXXXXIII.

### AU

## REY EFFENDY,
### Secretaire de l'Empire.

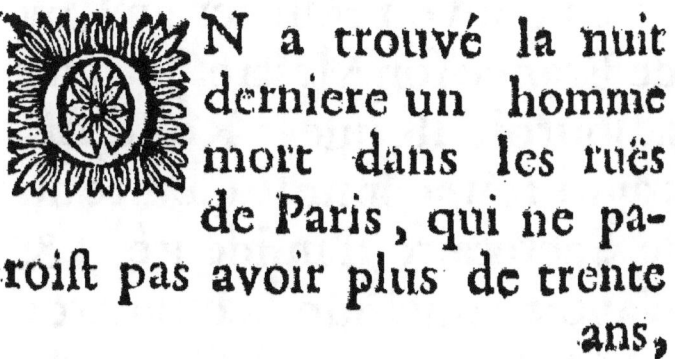

ON a trouvé la nuit derniere un homme mort dans les ruës de Paris, qui ne paroist pas avoir plus de trente ans,

ans, il eſt Eſpagnol, & il avoit
ſur luy une lettre ou memoire
qu'il paroît qu'il écrivoit à
quelque confident.

*A Madrid en ces propres termes.*

Le Cardinal de Richelieu
m'a dit qu'il ne connoiſſoit pas
la main ny la ſignature du Secretaire du Comte Duc d'O-
livarez : mais que quand même
il auroit rëply ſon blanc ſigné,
que je luy ay preſenté, & qu'il
auroit fait tomber la preten-
duë lettre de ce Secretaire
dans les mains du Roy d'Eſpagne, il nevoyoit pas quel avãta-
ge en pouvoit reſuſter au Roy
de France ſon Maître. Je veux
adjoûtoit-il, que le Roy d'Eſpagne ſoupçonne le Comte ou
le Secretaire d'infidelité, &
d'avoir quelque commerce

III. *Partie.* C c

avec moy : mais il ne nous feroit pas avantageux qu'il en
fuſt pleinement convaincu,
puiſque le plus grand bonheur
que la France ſçauroit avoir,
eſt que le Miniſtere du Comte
Duc ſoit perpetuel ; car étant
le plus malheureux de tous les
favoris qui ayent jamais eſté
dans le poſte qu'il occupe, tous
les bons François ſont obligez
de prier Dieu de luy donner
une longue vie , & toûjours
dans les bonnes graces du Roy
ſon Maître, afin de perpetuer
par ſes Conſeils, les diſgraces
de l'Eſpagne.

*Il pourſuivit ſa pointe en raillant*
*ainſi.*

D'un Duc de Bragance, Olivarez en a fait un Roy de Por-

tugal ; d'un Roy de France, un Comte de Barcelone ; d'un Duc Souverain de Lorraine, un vaſſal ; d'un Prince Cardinal, un Chevalier errant; d'un Seigneur de Monaco, un Duc & Pair de France: Et enfin d'un Philippes 4ᵉ. Roy des Eſpagnes, il en a fait un Comte Duc d'Olivarez. Voilà ce que j'ey pû tirer d'un Genie ſi grand & ſi éclairé. Que le juſte Dieu qui nous a envoyé ſon Prophete dirige toûjours tes actions, afin que tu puiſſes joüir d'une heureuſe éternité, & qu'il faſſe que ton eſprit ſoit ſan ceſſe occupé par de bonnes choſes.

*A Paris le 24. de la 4. Lune de 1642.*

Cc ij

# LETTRE
## LXXXXIV.

### A

## *GVILLAVME*
*Vopsel, Chrestien*
*d'Autriche.*

### *A Vienne.*

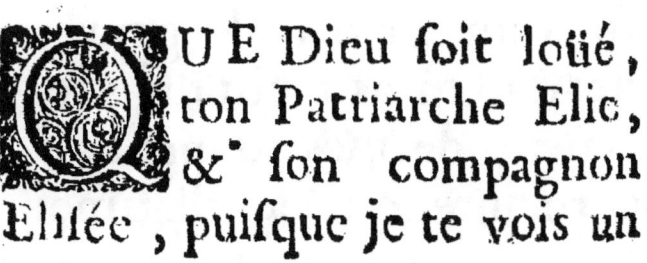

QUE Dieu soit loüé, ton Patriarche Elie, & son compagnon Elisée, puisque je te vois un

Saint, & content dans la Religion des Carmes Déchauffez que tu as embraffée. Tu m'excites à faire bien, & tu m'encourages à fouffrir, & à devenir affez homme de bien pour renoncer aux plaifirs, puifque tu me traces un chemin qu'il eft fi utile de fuivre pour aller au Ciel. Je ne croyois pas, je te l'avoüe que tu dûffes avoir tant de conftance, & je craignois que tu ne changeaffes; mais puifque tu as le courage de foûtenir ta refolution, & la force d'efprit neceffaire pour combattre toutes les incommoditez qui fe trouvent dans le genre de vie que tu as embraffé: je me repens de mes foupçons, & je te jure que je t'eftime

autant que je le dois : je t'aime aussi autant qu'un honnê-
te homme en doit aimer un
autre, qui ayant connu le
vrai bien, a couru impetueu-
sement aprés, & qui a passé
tout d'un coup d'une vie mol-
le, & voluptueuse, aux auste-
ritez d'une Religion severe,
pour chercher un port assuré,
qui se trouve plus ordinairement dans les souffrances &
dans les macerations, & qu'on
ne peut jamais rencontrer
sans les voluptez. Il y a une
chose entre autres qui me
plaist extremement dans l'Ordre où tu es entré, tout est
commun parmi vous, une
mesme clef ouvre cent portes, il n'y a point de tien &
de mien, vous estes tous vê-

pas de mesme façon, vous al-
lez tous également pieds-
nuds, vous mangez à une
mesme table, & personne n'a
de mets differens des autres,
vous avez le mesme breuvage, & vous jeûnez tous de
mesme façon ; & enfin vos
prieres sont semblables, &
vous faites vœu d'une égale
pauvreté.

Mais dis-moy, je te prie,
qu'auroit trouvé dans ta Cel-
lule un voleur que je vis hier
pendre & étrangler publiquement avec une clef au col. Il
avoit l'adresse d'ouvrir avec
cette clef toutes sortes de ser-
rures, & il a fait mille larcins
avec une subtilité merveil-
leuse, qui l'ont enfin conduit
au gibet. Il dit publique-

ment qu'il mouroit le plus
content des hommes , parce
qu'il avoit toûjours pratiqué
un exercice feul digne des
belles ames. Que le feul crime qu'il croyoit avoir commis pendant trente ans , eſtoit
de n'avoir fait que de petits
vols , que s'il avoit toûjours
trouvé les portes ouvertes, il
ne feroit jamais entré en aucune maiſon , & qu'il exhor-
toit les Princes à ne laiſſer jamais apprendre cet Art qu'à
leurs pareils, ou de ne châtier
que ceux qui ſe laiſſoient
voler.

Il y a des Autheurs Eſpa-
gnols qui ont écrit qu'il n'y
a aucune Loy qui ordonne
de peines pour ceux qui dé-
robent avec ſageſſe & précau-
tion

cion, ils appellent ainſi ceux qui volent de quoi appaiſer les envieux qui les accuſe-roient, les témoins qui pour-roient ſervir à les convaincre, & les Magiſtrats par qui ils doivent eſtre jugez. De ſor-te que le voleur qui aura dé-robé pour luy & pour tous les autres que je viens de nommer ſera toûjours ren-voyé abſous. Ce qui me fait croire que le larcin eſt de la nature des femmes, & l'un & l'autre paroiſſent aujourd'huy devenus un mal neceſſaire, de meſme qu'il paroiſt que les clefs ne ſont bonnes en ce temps-cy qu'à conſerver ce qu'on peut dérober, & non pas pour empeſcher qu'on ne le vole.

*III. Partie.* D d

Combien l'injustice de quelques gens a-t-elle autorisé
de choses pour mettre en sû-
reté un Peuple dans une Ville. Il n'a point suffi d'y avoir
une forte garnison de soldats
aggueris, trois Elemens ne
suffisent pas pour la défendre
contre une plus grande Puissance qui la veut opprimer.
On éleve la terre pour en
faire de fortes Tranchées, on
desseiche les fossez les plus
profonds, quelque quantité
d'eau qu'il y puisse avoir, &
on renferme le feu dans des
canons dont les effets font
terribles. Si tu parcours l'I-
talie, tu trouveras dans plusieurs Villes, des Palais qui
ont plus de portes que Tho-
bes n'en avoit autrefois; & si

tu comptes les clefs qui servent à les ouvrir, tu trouveras que le fer dont elles
font, couste plus que la matiere dont les portes ont esté
faites.

Les hommes ne se conten-
tent point de se servir de
clefs pour l'usage où elles paroissent destinées, leur ambition fait qu'ils les employent
à des usages plus relevez, &
les clefs aujourd'huy sont
des attributs des principales
dignitez en plusieurs Cours
de Princes, & elles y servent pour recompenser les
services, la vertu, & la valeur. En Espagne la clef d'or
que portent de grands Seigneurs fait connoistre qu'ils
sçavent s'ouvrir la porte de la

faveur. On le voit auſſi pra-
tiquer en Allemagne, & principalement à la Cour de l'Empereur.

Il faut avoüer que ces portes, ces portieres, qui ne ſer-
voient autrefois que d'orne-
ment, & ces clefs qui ſont ſi
en uſage aujourd'huy, ou
pour ſe garantir des voleurs,
ou pour ſe cacher, & s'empêcher d'eſtre vûs, marquent
bien la depravation de noſtre
ſiecle, où il faut prendre
tant de precautions pour
s'empeſcher d'eſtre dérobé, &
pour cacher ſes meilleures
actions de peur qu'on n'y
donne une finiſtre interpretation.

Heureuſe cette ancienne
Rome dont les Citoyens

estoient si sages, qui estant pressez de tourner la face de leurs maison d'un costé où ils ne pussent estre observez par les voisins, ils répondoient à l'Architecte. Tu feras ce que je souhaitte si en bâtissant ma maison tu la tournes de maniere que tout Rome me puisse voir, parce que je fais toutes mes actions comme si l'on m'observoit toûjours, & je suis certain que personne ne me surprendra dans aucune qui ne puisse estre observée. Rome moderne au contraire se peut dire malheureuse, où il ne peut y avoir assez de portes ni de portieres pour cacher ce qu'on fait dans les lieux les plus retirez des Palais.

Dd iij

C'eſt dans cette Ville où le luxe s'accrût tellement ſous les premiers Empereurs, qu'on inventa mille mauvaiſes manieres pour y fournir: chacun s'étudia à chercher des moyens differens pour arriver à ſes fins. Les Cours des Princes & des Grands furent remplies de gens diſſimulez & d'hipocrites qui ne ſongeoient qu'à ſurprendre la faveur des plus puiſſans pour acquerir des richeſſes où des dignitez. Ce fut dans ce temps où l'on inventa mille ceremonies inutiles, & qu'on s'impoſa mille devoirs auprés des Grands, qui leur perſuaderent aiſement que le Ciel les avoit fait naiſtre pour eſtre au deſſus des autres. Ce fut auſſi dans ce temps qu'on commença à donner pour des biens solides des civilitez qu'on rendoit, & qu'on comptoit souvent un sousrire & une inclination de teste pour quelque chose de fort precieux dont on devoit avoir une grande reconnoissance.

Mais il faut finir ce discours où m'ont porté les clefs, les portes, & les portieres, je ne pretens pas reformer le monde, ni lasser ta patience : pardonne-moy si je suis passé de la Celule à l'Histoire du voleur dont j'ay vû la mort, & du voleur aux clefs, & aux autres choses dont je t'ay entretenu : j'en estois si plein que je n'ay pû m'empescher

de t'en parler, & je ne puis
m'empescher de te parler encore de la subtilité des Espagnols, qui ont vanté particulierement le prix de leur Escu-
rial par le grand nombre des
clefs qui y servent, comme
ce fat d'Empereur qui van-
toit la grandeur de Rome par
le grand poids des toiles d'a-
raignées qu'il y avoit. Les Espagnols soûtiennent qu'il y a
tant de portes à ce superbe
Edifice, que les clefs qui servent à les ouvrir pesent plus de
dix mille livres. Mais il est
temps de finir cette ennuyeu-
se lettre, de peur de troubler
ton repos par une lecture des-
agreable. Veille cependant
sur ta conscience, comme
font les Parisiens sur leur bien

pour s'empefcher de le perdre, ou qu'il ne foit dérobé.
Il y a tant de grands & de
petits voleurs, que fi l'on les
puniffoit, comme on les châ-
tie en Sirie, où l'on fait fouffrir ce mefme fupplice à celuy
qui vole, & à celui qui eft
volé, cette grande Ville feroit bien-toft deshabitée, ou
elle deviendroit une prifon
pour le nombre infini qui s'y
trouveroit de coupables. Plai-
fe au grand Dieu qui doit
eftre adoré de toutes les crea-
tures que le faint Pontife aprés
que tu auras dépoüillé l'huma-
nité, te mette au nombre
de ceux, pour qui l'Eglife
a une pieufe veneration, &
qu'il faffe refpecter tes os
comme j'efpere que tes actions

rendront ta vie fainte &
exemplaire.

*A Paris le vingt-quatre de la
quatriéme Lune de 1642.*

# LETTRE

## LXXXXV.

### AU

### VENERABLE MVFTI
### Prince de la Religion des Turcs.

U ne trouveras pas que je fois trop importun, fi tu te refouviens de l'ordre que tu m'as donné, & je dois plûtoft hafarder à te laffer par les frequentes lettres que tu recevras de moy, que de hasarder à estre accusé de negligence pour ne t'avoir pas ponctuellement obeï. Il faut avoüer que l'obeïssance est agreable, quand le commandement est fait avec sagesse. Lorsque j'écris au Grand Vizir, je n'écris qu'en tremblant; si j'écris au Kaimakan, je ne suis point sans esperance, & je n'envoye point de lettre aux autres Baschas sans avoir de l'inquietude & beaucoup de peine ; pour ce qui regarde mes amis, je me divertis en leur écrivant. Mais lorsque c'est à toy que j'écris, je puis dire que je t'écris pour esperer, pour vivre, & pour acquerir dans l'autre monde

cette vie heureuse dont parle
nostre divin Prophete , cette
vie qui doit estre la recompense de ceux qui feront de
bonnes actions, pendant qu'ils
feront voyageurs parmi les
hommes.

Le Cardinal favori du Mo-
narque de la France, voudroit
bien estre comme toy maistre
absolu dans sa Religion , mais
il n'y peut parvenir. Il paroist qu'il voudroit fort estre
Saint, & il ne sçait point l'ê-
tre ; & enfin il voudroit pouvoir tout , mais il ne peut
avoir la mesme autorité dont
tu es revestu. Cependant il
fait beaucoup de choses que
tu ne fais point, & il pretend
estre plus que toy , parce qu'il
ne vit pas comme tu fais. Cet

homme occupé des chofes de
la terre , entre dans les affaires temporelles de prefque
toute l'Europe , un feul employ ne le peut fatisfaire , il
ne fe contente point d'eftre
le favori d'un grand Roy,
fous l'authorité de qui il gouverne tout , il y a peu de
temps qu'on affure qu'il vouloit fe faire Patriarche. Il af-
pire à tout , il entreprend les
chofes les plus difficiles , & il
prend un plaifir fingulier à fe
fervir de moyens extraordinaires pour l'execution de fes
projets , afin que la pofterité
fçache , & que les Hiftoriens
écrivent qu'eftant venu au
monde avec peu de fortune,
il y fera mort fort riche,
qu'eftant né dans la condi-

tion d'homme Privé , il a
neanmoins vécu en grand
Prince , qu'il n'a esté soûmis
à la domination d'un Souverain , qu'afin qu'il parust qu'un
Sujet a donné des Loix , &
que le Ciel l'a fait naistre
sans armes , pour s'en servir
à desarmer les plus puissans.
Ecoute venerable Prince de
la seule Religion qui puisse
estre approuvée de celuy qui
a tiré tout le monde du neant,
deux traits remarquables de
ce Tibere François qu'on m'a
découvert, & que je n'ay appris que depuis tres-peu de
temps.

Ce Cardinal envoya en Es-
pagne à Madrid incognito un
General de certains Dervis,
homme d'un genie propre à

seconder le sien , d'un esprit
fin & penetrant , & fort entendu dans les affaires secu-
lieres , aprés luy avoir donné
un ordre tres-exprés qu'aussi-
tost qu'il seroit en Espagne,
il dûst faire là telle & telle
chose , & qu'à son retour en
France, il remist en ses seules
mains les memoires de la ne-
gotiation qu'il auroit faite. Ce
Moine réüssit bien dans l'employ qui luy avoit esté confié ;
mais en revenant, le Cardinal
luy envoya commander ex-
pressément de remettre avant
que d'entrer en France tous ses
papiers entre les mains d'un
Gentilhomme qui luy portoit
sa lettre : ce Dervis obeit, &
il fut disgracié, & le Cardinal soûtint que c'estoit un
crime

crime que d'avoir obeï en cette occafion, & qu'ayant une fois reçu l'ordre de luy remettre fes Memoires entre les mains, il ne pouvoit eftre excufé de les avoir confiez aux autres, & que pour cette raifon il luy défendoit de mettre le pied dans le Royau_me. Ce pauvre Religieux mourut bien-toft aprés defefperé d'une telle avanture, & c'eft peut-eftre la premiere fois qu'un homme ait efté traitté de criminel, pour avoir obeï trop ponctuellement.

Il n'y a que tres-peu de Lunes qu'il vint en pofte un homme de qualité d'Italie qui apportoit au Cardinal une grande & bonne nouvelle. Il me feroit difficile de te pouvoir exprimer les carreſſes que luy fit ce favori. Pour luy marquer ſa joye, il luy fit d'abord preſent d'un fort beau diamant, & luy fit eſperer des recompenſes encore plus grandes ; mais ce qui paroiſt incomprehenſible, ce meſme homme qui avoit porté une nouvelle ſi agreable & ſi ſouhäittée, fut conduit à la Baſtille en ſortant du cabinet du Cardinal. Il y demeura pendant quelque mois ſans voir perſonne, de ſorte qu'il s'imaginoit que c'eſtoit un ſonge ; mais enfin on luy ouvrit les portes de la priſon, & le Cardinal le voulut voir, & luy fit donner autant de centaines d'écus qu'il en avoit paſſé de jours dans ſa ſolitude, il accompagna meſme ce present qu'il luy faisoit de la part du Roy de toutes les honnêtetez possibles , & luy dit les paroles suivantes. Tu n'es point coupable, mais il a falu te punir de la faute que je commis quand je te fis entrer dans mon cabinet lorsque tu vins d'Italie m'apporter une nouvelle si avantageuse au Roy mon Maistre. L'envie que j'eus de sçavoir le détail de l'affaire qui t'avoit obligé à me venir trouver avec tant de diligence fit que je n'ostai point de dessus ma table un écrit d'une grande importance que tu pûs lire tout entier, & cet écrit contenoit la revolte de la Catalogne , les demandes de cette Province , & les intrigues de la France qui l'avoit fait foûlever , & la connoiffance d'un miftere fi important , pouvoit faire perdre à mon Prince l'acquifition d'une fi belle Province , de forte que je ne pûs imaginer un remede plus prompt & plus affuré que de t'enfermer en un lieu où il te fuft impoffible de profiter de la connoiffance que je t'avois donné lieu d'avoir par mon imprudence : mais les chofes eftant prefentement dans une fituation , où il n'eft pas poffible de faire aucun prejudice à la France je te rends ta liberté , & je te prie d'oublier la feverité que la raifon d'Etat m'a forcé d'avoir pour toy. Reçois de mes mains le prefent que te fait mon Maiftre , fonge à le

servir , & en oubliant le chagrin que je t'ay donné malgré
moy , daigne bien vouloir que
je te mette au nombre de
mes plus particuliers amis.

Je me prosterne encore une
fois à tes pieds, S. Pontife , je te
demande ta sainte benedic-
tion , & je te supplie de vouloir
bien me regarder comme un
de tes enfans les plus soûmis ,
puisqu'on ne peut estre plus
religieux observateur de nôtre
sainte Loy , & que j'ay pour ta
sainteté une veneration & un
respect tel qu'il est dû au plus
grand Ministre du Ciel , qui
ait jamais interpreté le saint
Alcoran dans l'Empire des
Fideles. Je te demande aussi
tes prieres , afin que Dieu
ayant égard aux supplications

que tu luy feras, me faſſe vivre en homme de bien, me
donne les graces neceſſaires
pour bien ſervir le Sultan
qu'il a choiſi pour gouverner
les hommes, & que je puiſſe mourir dans la Religion de
mes peres.

*A Paris le 24. de la quatriéme
Lune de 1642.*

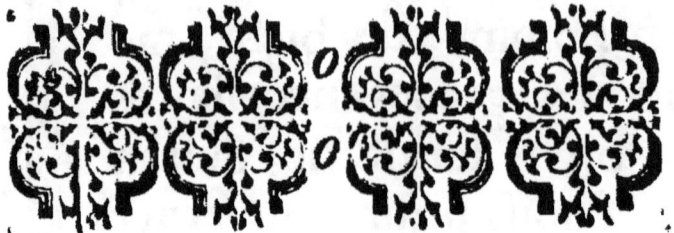

# LETTRE

## LXXXXVI.

## *AU*

## *CAIMAKAM.*

LES livres de l'Arabe Geber ne se trouvent point dans l'idiome, où tu les demandes ; j'ai parcouru plus de deux cens boutiques de Libraires , & il n'y

en a pas un feul qui ait connoiffance que cet Autheur ait
efté traduit dans la Langue
où tu voudrois l'avoir. Il y a
déja quelque temps que ces
livres font communs en France, où il y a plufieurs perfonnes qui s'attachent à la fcience du docte Geber , mais on
n'en trouve aucune traduction
qui ne foit en quelqu'une des
Langues les plus ufitées en
Europe. Quand je cherchois
ce livre, les Libraires me faifoient plufieurs queftions differentes, & fur toutes chofes
ils me demandoient fi je cherchois des receptes pour pro-
longer la vie, il y en avoit qui
me demandoient auffi en riant
fi je voulois fixer quelque dei-
ré volatile, & quelques autres
ne

ne répondoient à la demande
que je leur faisois du livre du
ſçavant Geber que par un ſi-
lence accompagné de quel-
que ſouſris, & en me mettant
entre les mains un livre, &
me diſant, voila ce que vous
cherchez, c'eſt ce qu'il vous
faut, Monſieur l'Abbé, & ce
livre traittoit des choſes im-
poſſibles. De la quadrature
du Cercle dans la Geometrie,
de la Pierre Philoſophale
dans la Chymie, de la Perfection de l'Orateur dans la Re-
thorique, de la Republique
telle que la veut Platon dans
la Politique, & du mouve-
ment perpetuel dans les Ma-
thematiques; je ne fis pas
ſemblant de rien avec ces
Marchands, mais je trouvay

*III. Partie.*　　F f

un fort honnefte Capucin, qui m'a fait efperer de me faire recouvrer le Geber que tu demandes, & qui m'a affûré qu'il l'a vû en Langue Caldéenne ou en Egyptienne dans la Bibliotheque d'un Curieux, fans pourtant me faire efperer qu'il me foit poffible de l'acheter, parce que celuy qui a ce threfor n'eft pas homme à s'en vouloir défaire.

Tu ne feras peut-eftre pas fâché de fçavoir ce que ce bon Religieux me dit de la Chymie, & il me parut non feulement fçavant mais tres-experimenté. Il m'affura qu'il y avoit dans Paris feulement, plufieurs milliers d'hommes appliquez à cet exercice, & qu'il y avoit plus de quatre mille Autheurs qui traittoient de cette science , que le Roy Geber avoit esté le plus sçavant, le plus clair , dans ses expressions , & mesme le plus sincere ; mais qu'il n'y avoit que ceux qui estoient veritablement Philosophes & appliquez à l'étude de la nature qui le puissent facilement entendre. Il m'ajoûta qu'il y avoit beaucoup de gens qui travailloient avec beaucoup d'application , mais peu aussi sagement qu'il seroit necessaire pour réüssir, il soûtient que la speculation est inutile , & qu'il faut une longue pratique & un exercice continuel: que la plus grande part des gens travaillent inutilement parce qu'ils ne prennent pas la natu-

re pour guide non plus que
les operations qu'elle fait
dans les mineraux : parce
que selon Geber les principes de l'art doivent estre
ceux de la Nature mesme, &
que ce n'est que dans les métaux, qu'on trouve les métaux, & que c'est enfin par les
métaux qu'on peut réüssir à
faire des métaux parfaits.

Ce bon Dervis soûtient que
la veritable maniere de pro-
ceder à la perfection de ce
grand ouvrage, consiste dans
l'union des esprits mineraux
épurez par artifice, avec les
corps metaliques parfaits,
après les avoir auparavant
volatilisez, & puis fixez en y
conservant tout l'humide radical, & en augmentant la

chaleur naturelle, par une fage coction de ce compofé,
qui devient par là un merveilleux ferment, qui fait bouïllir
toute cette maffe, & la met
en fermentation. De forte
que ce compofé merveilleux
s'infinuant par fa penetration
dans les moindres parties du
métal fondu .par le feu exte-
rieur, & le diffolvant radica-
lement, elle le meurit & le
purge de tout ce qui n'eft point
de l'effence de l'or, & du mercure, jufques à ce que le tout
foit pouffé jufqu'à fon entiere perfection. Ce qui fait dire au Maiftre des Maiftres le
docte Gebel, que cet elixir
parfait eftant la pure fubftan-
ce des métaux, il cherche dans
les métaux fondus ce qui eft

de mesme nature que luy & le perf.ctionne.

Or comme il n'est pas possible à l'ouvrier de rien produire de nouveau suivant sa fantaisie, mais seulement de joindre ou de separer ce que la Nature a produit, Raymond Lulle a voulu faire comprendre que le corps en cet art est l'estre métalique dans lequel repose l'esprit mineral, parce que les métaux ne sont autre chose que ce, de l'esprit de qui se compose la pierre des Philosophes, & cet esprit est proprement la vertu des mineraux, dans laquelle est contenu le germe des métaux. Mais le bon Geber a bien fait voir par demonstration, que cette pierre est créée

entierement & formée par la
Nature, à laquelle l'Artifan
n'ajoûte ni ne diminuë rien,
mais il la fait changer feulement de place par fa prepa-
ration, qui pour toute autre
chofe feroit inutile.

Ce Capucin foûtient que
ce corps mineral tout fpiri-
tueux qu'il eft, a neanmoins
quatre fortes de fuperfluitez
dont il faut qu'il foit purgé
par la main de l'ouvrier, à
fçavoir une grande humidité,
la terre qui s'y trouve, le fouf-
fre ordinaire qui brûle & le
fel qui eft corrofif, & il faut
l'épurer par la calcination, la
diffolution, la fublimation, &
la fixation, afin qu'il n'y refte
que le feul humide radical fi-
xe & permanent, lequel eftant

F f iiij

enfuite uni d'une maniere in-
diffoluble au corps parfait,
compofe cette medecine incomparable qu'on cherche
tant & qu'on trouve fi peu , &
qui eft un elixir chaud, puiffant
pour meurir & épurer tous
les métaux imparfaits, & les
convertir en or ou en argent.

On donne enfuite une activité à l'or en l'affinant , & le
rechauffant par de nouveaux
degrez de feu qu'on ajoûte à
celuy qu'il avoit déja.

Nous en eftions là de noftre
converfation, quand une vieille
Dame furvint mal à propos,
& m'ofta la fatisfaction d'apprendre de ce bon Religieux
quelque fecret important,
qu'il paroiffoit qu'il avoit envie de me confier. Cette

femme indifcrete fe fervant de la liberté des gens de ce pays-cy , interrompit noftre entretien fort indifcretement ; & je demeurai comme frappé d'un coup de tonnerre, quand ce fçavant Capucin me dit que l'arrivée de cette perfonne le forçoit à prendre congé de moy : il fe preparoit mefme à partir comme un homme attendu pour quelque affaire tres-imrortante , quand jettant les yeux fur mon vifage, il s'apperçut de l'embarras & de la douleur violente que me caufoit cette cruelle neceffité de me feparer de luy ; & pour m'en confoler, il me dit ces propres mots à l'oreille. Ecoute mon amy je connois que tu es curieux, &

que tu as envie de faire quelque chofe de grand, viens-moy trouver dans ma Celule : cependant je te dirai pour ta confolation, d'une maniere fort intelligible, que j'ai toûjours efté d'avis, & que j'en ferai toûjours, que pour travailler utilement, il faut fuivre les preceptes de Raymond-Lulle. Ce grand Philofophe foûtient, & je fuis de fon fentiment, que pour faire de l'or, il faut de l'or & du mercure, & du mercure & de l'argent pour faire de l'argent, mais j'entends par le mercure cet efprit mineral fi raffiné & fi puiffant qu'il dore mefme la femence de l'or, & argente celle de l'argent. Voilà en termes precis ce qu'il me dit, que je te rapporte fidelement.

Mais en me separant de luy, je le priai de me dire, s'il estoit facile de parvenir à l'accomplissement de ce grand œuvre, & ce qu'il faloit faire pour y arriver.

Il me répondit qu'il estoit fort difficile, ce qui faisoit qu'il y en avoit beaucoup, & mesme presque tous qui perdoient l'esperance de l'achever, parce qu'il n'y avoit que tres-peu de personnes à qui le Ciel donnast les qualitez necessaires pour acquerir cette precieuse connoissance; que ces qualitez consistoient à estre veritablement Philosophe, & à connoistre parfaitement la nature; d'avoir une patience à l'épreuve de tout, estre dans la fleur de son âge, fort & vigoureux pour resister au travail, avoir suffisamment du bien, & estre infatigable. Il m'ajoûta que si quelqu'une de ces qualitez manquoit, on pouvoit estre asseuré que les autres manqueroient aussi ; qu'un homme qui ne connoissoit point la nature travailloit en aveugle, & que lorsqu'on ne reüssissoit pas la premiere fois ni la seconde, ni la troisiéme ; ni la quatriéme, non plus que la cinquiéme dans son operation, on estoit fol si l'on se lassoit, & si l'on ne recommençoit pas à travailler avec la mesme application & les mesmes esperances : que si l'on

n'avoit pas une santé vigou-
reuse le travail affoiblissoit,
& faisoit succomber; & qu'enfin si l'on estoit sans biens, il
estoit impossible qu'on pût
s'appliquer à un ouvrage qui
demande un homme tout en-
tier & qui ne soit occupé
d'aucune autre chose.

Ce Dervis me dit encore
comme une chose tres-assu-
rée, que plusieurs personnes
estoient parvenuës à la perfection de cet ouvrage, qui en
occupe une si grande quantité, dans toutes les parties du
monde, & que si cela n'estoit
pas, il n'y auroit pas autant d'or
qu'on en trouve, & que tout
celuy des Indes ne pourroit suf-
fire pour satisfaire tant de
gens, qui n'ont d'occupation

que de fonger à en acquerir,
& qu'enfin tant de trefors
qu'on voit amaflez & l'or qui
court dans le commerce, n'eft
point forti des mines qui font
dans les montagnes, mais
qu'une grande partie a efté
faite avec l'art des Philofophes ; il m'aflura de plus que
les maiftres des monnoyes de
France affuroient qu'il fe bat-
toit beaucoup plus d'or, qu'il
n'en entroit dans le Royaume,
ce qui luy faifoit conclure
que l'art eft veritable, que
par le moyen de cet art on
fait l'or, & que par confe-
quent on ne doit point douter de cette pierre merveilleufe que fçavent compofer les
veritables Philofophes.

Cette converfation quoy-qu'interrompuë m'a fait cesser d'estre incredule, & si j'étois hier heretique en cette matiere, je commence aujourd'huy à avoir de la foy, & je croy seulement que c'est un ouvrage tres-difficile, qu'on peut dire qu'il est impossible d'achever: & je ne m'étonne plus qu'il se trouve tant de gens, qui en trompent d'autres, sans mesme avoir dessein de tromper, & je ne suis pas surpris qu'ils s'en prennent à toutes sortes de personnes & à des Princes mesmes : ils croyent toûjours réüssir, & n'ayant pas de quoy fournir aux dépenses qu'ils croyent estre obligez de faire pour parvenir où ils ne peuvent arriver, ils se servent de toutes sortes d'artifices pour surprendre ceux que l'avidité & l'avarice rend en cette occasion faciles à persuader, & tous ensemble ne trouvent dans leur travail que beaucoup de faim, de froid, de travail & de fumée.

Il semble que ce qui empêche ceux qui ont esté assez heureux pour parvenir à la perfection de cet ouvrage, de communiquer les connoissances qu'ils ont, soit la puissance des Princes qu'ils redoutent, parce qu'ils ont souvent éprouvé qu'ils ont de la jalousie des richesses d'un particulier. Les Souverains ne peuvent souffrir qu'un misérable souvent né parmi la lie du peuple aye entre les mains de

quoy

quoy se rendre heureux , & de quoy en faire une quantité d'autres , c'est ce qui les oblige encore à oster à ces Philosophes les moyens de travailler , qui oblige ceux-cy à se cacher pour travailler , & à se cacher encore avec plus de soin , quand ils ont achevé leur travail. Les Grands ne peuvent souffrir que des particuliers soient maistres par cet art merveilleux de faire tous les prodiges que produit ce merveilleux métal , qu'ils trouvent moyen de créér , pour ainsi dire , dans leurs cabinets , sans aller fouïller dans les mines du Perrou. Ils sçavent bien que cet or desiré produit tout ce qu'on veut , il donne de la reputation , il fait

*III. Partie.*      **G g**

fuivre ceux qu'on éviteroit,
il rend infideles , ceux qui
paroiffent les plus incorrupti-
bles : les portes s'ouvrent malgré les plus fortes garnifons,
les armées toutes entieres
changent de fentiment en un
moment quand on les fçait
bien combattre avec cet or
precieux, que les Chreftiens
affurent avoir encore la force
de tirer les ames d'un lieu
qu'ils appellent le Purgatoire,
par les aumônes qu'on donne à
leur intention , pour appaifer
la colere de leur Dieu, & par
les prieres qu'on fait faire
dans les Temples.

Toutes ces raifons oblige-
rent le cruel Diocletian à faire mourir autant de Chymi-
ftes qu'il s'en pût trouver dans

l'Egypte , & à faire brûler en
mefme temps tous leurs écrits,
de peur que les peuples natu-
rellement ingenieux devenus
trop puiffans par l'art de faire
l'or par le moyen de la Philofophie, ne s'avifaffent de faire
la guerre à l'Empire Romain.
Mais nous trouvons dans les
anciens Memoires des Arabes,
que Moyfe ayant appris de
Dieu mefme la fcience de
connoiftre parfaitement la
nature, & celle de la conver-
fion des métaux & de faire
l'or , pour écrire en lettres
formées de ce métal : la loy
qu'il prefcrivoit aux Ifraëlites,
il l'avoit enfeignée à Carun
pauvre homme, mais fon ami
intime & fon proche parent,
qui eftant devenu tres-riche

par le moyen de cette science, avoit accumulé des richesses immenses, & s'estoit basti quarante maisons, qui estoient toutes remplies d'or, & qui furent englouties & ensevelies dans la terre par la force de la verge de Moyse avec le maistre que tant de thresors avoient rendu orgueilleux, & qui avoit voulu se souftraire de l'obeïssance de ce grand serviteur du vrai Dieu, aprés l'avoir accusé faussement devant le peuple de divers crimes, & particulierement d'avoir abusé d'une Vierge.

La derniere chose qu'on a découverte dans les terres des Venitiens a esté une grande urne qu'on a trouvée dans une cave fort profonde. Dans cette urne qui eſtoit d'une grandeur aſſez conſiderable, il y en avoit une autre moindre, & dans cette moindre deux carafes, l'une pleine d'or reduit en liqueur, & l'autre d'argent de la meſme maniere, & une lampe qui paroiſſoit brûler depuis un grand nombre d'années. On conut aux caracteres qui eſtoient ſur ces urnes qu'elles avoient eſté conſacrées au Dieu Pluton, & il y avoit des vers Latins qui faiſoient connoiſtre que Maximus Olibius en avoit eſté l'autheur. Ceux donc qui ont dit que cet art eſtoit faux, & qu'il n'y avoit rien de vrai dans tout ce qu'on en rapportoit, que le commencement eſtoit toûjours le menſonge, le milieu une grande fatigue, & la fin la mendicité, n'ont pas dit vrai, & cependant on ne peut pas les accuser de n'avoir pas aussi parlé tout-à-fait selon la verité.

Je prie le Souverain Estre des Estres, de qui seul nous tenons ce que nous avons de bon, & qui est le seul maistre de la nature, qu'il te donne l'air & la science du Sage Geber, avec toutes les richesses du Roy Salomon, mais sur toutes choses la moderation d'Aglaus qui a toûjours paru content.

*A Paris le vingt de la cinquiéme Lune de 1642.*

❧

# LETTRE

## XCVII.

### A

### *MEHEMET*
*Page Eunuque de la*
*Sultane mere.*

L'AVANTURE que tu m'as écrit qui est arrivée dans le Serail fait bien voir que les femmes

font expofées à de grands ac-
cidens. Leur eftat eft malheureux quand elles font belles, & il l'eft encore davantage quand elles font laides &
difformes. Les peres, les maris,
& les freres gardent les premieres comme Cerbere garde
les portes de l'enfer, & les autres fe gardent elles-mefmes,
& regardent toutes chofes
avec des yeux d'envie, & de
rage, qui fait qu'elles empoi-
fonnent tout. Mais ce qui arrive parmi nous eft fort different
de ce qui arrive en France,
où les femmes joüiffent d'u-
ne honnefte liberté pref-
qu'auffi grande, que celle
des hommes. Ce n'eft pas
qu'on n'y voye des avantures
étonnantes, & on a fujet de
regarder

regarder avec furprife une
Reine, Mere d'un grand Roy
qui regne heureufement exi-
lée, & fugitive errante parmi
les Etrangers, par le credit
du Cardinal de Richelieu,
pour qui elle n'a pas eu toute
le deference qu'il vouloit exi-
ger : & une vieille Dame me
dit ces jours paffez des chofes là-deffus, que j'ay encore
de la peine à croire, quoyque je ne puiffe pas douter
qu'elles ne foient vrayes.

On a voulu encore m'affu-
rer, que ce Cardinal n'ayant
pas reuffi dans le deffein qu'il
avoit eu de marier fa niéce
avec un Prince du Sang, avoit
formé celuy de la faire épou-
fer au Frere du Roy, mais
comme il n'y a guere d'appa-

*III. Partie.*            H h

rence qu'un Miniftre auffi habile que celuy-là , n'euft auparavant fongé aux malheurs
dans lefquels cette élévation
l'auroit precipité, en s'attirant
la haine des plus Grands du
Royaume. Je ne veux pas
être Autheur à Conftantino-
ple, de ce qu'on debite à Paris,
peut-être trop legerement.

J'ay appris d'une perfonne
tres-informée , que ce Preftre
avoit envoyé le Chancelier,
homme venerable , & d'une
grande authorité dans le
Royaume par fa Charge, pour
fe rendre Maître des papiers
de cette Princeffe , dans l'efperance qu'il pourroit trouver
quelque lettre qui favorifoit
fon deffein. Le Chancelier
executa l'ordre qu'il avoit re-

çû , mais il ne trouva rien de
ce que le Cardinal pretendoit, & cette perfecution ne
fervit qu'à faire connoiftre la
grande vertu de cette Princeffe qui vit d'une maniere à
fervir de modele non feulement à toutes les Reines',
mais à toutes les femmes du
monde.

Quelque temps aprés ce
mefme Chancelier eftant venu faire compliment à la Reine fur la naiffance du Daufin,
elle luy dit d'une maniere
modefte, mais agreable que
cette vifite eftoit bien diffe-
rente de celle qu'elle en avoit
reçû, il y avoit un peu plus
d'une année.

Si les perfonnes qui font af-
fifes fur les premiers throfnes

de l'Univers sont quelquefois
exposées aux entreprises te-
meraires de ceux qui sont in-
finiment au dessous d'elles, &
mesme qui sont nez pour les
servir, la belle Circassienne
se doit consoler du malheur
qu'elle a eu d'estre accusée.
Si son innocence est bien prou-
vée, elle en plaira davantage
à Ibrahim, & la fausse accusation qu'on luy a faite sera
un nouveau charme pour luy,
Si elle se trouve coupable, il
faut avoüer qu'elle est digne
de tous les supplices, pour
avoir violé, pour ainsi dire,
les nuits sacrées du Serail.

Cependant le jeune Persan
dont est question, s'est trouvé
caché dans les écuries voisi-
nes, vestu en femme, & quoy

qu'il foit mort fans fans rien
avoüer au milieu des tour-
mens qu'on luy a fait fouffrir,
on ne peut dire qu'il foit mort
innocent aprés une pareille
entreprife.

J'efpere que tu voudras
bien me faire fçavoir ce qui
eft arrivé depuis ta derniere
lettre, & de quelle maniere
fe fera terminée l'avanture de
cette belle efclave : je la
plaindrai fort fi elle n'eft
point coupable , & je ne
pourrai m'empefcher d'en
avoir de la compaffion, quand
mefme elle feroit criminelle.

Ne difcontinuë pas à m'é-
crire, & s'il eft poffible, ne te
laffe point de m'aimer, je te
jure de nouveau devant noftre
faint Prophete cette fidelle

& inviolable amitié que je
t'ay promise, & j'en ferois
un ennemi implacable, si je
l'appellois à témoin d'un mensonge.

A Paris, le vingt de la cinquiéme Lune de 1642.

# LETTRE

## XCVIII.

## AU

## KAIMAKAN.

IL y a soixante-quatre ans que D. Sebastien Roy de Portugal est mort en Afrique, par la main des Mores, & cependant ses Sujets le veulent croire encore vivant.

Hh iiij

Il partit de Lisbone, l'année 1578. avec dessein en apparence d'aller rétablir dans
le throsne Muley Mehemet
Cherif d'Afrique, que son oncle Muley Abdelemeleck vouloit dépoüiller de son Royaume, mais en effet pour tascher
à se rendre maistre de la Barbarie.

Son armée estoit composée
de mille voiles, il y avoit une
grande quantité de provisions,
peu de soldats , & beaucoup
de noblesse. Ce Prince n'a-
voit que vingt-cinq ans, quand
il forma cette entreprise , il
avoit le corps fort robuste, sa
taille estoit mediocre , mais
bien prise, ses cheveux étoient
roux , il avoit les yeux grands
& plains de feu , son courage

seconçoit fort la vigueur de
son corps, & il n'avoit nulle
inclination violente pour les
plaisirs, qui détournent d'ordinaire les hommes des belles
actions, il estoit sobre en tout,
hardi à entreprendre, & toûjours ferme & inébranlable
dans les occasions où il y avoit
du peril. On ne luy voyoit
point dissiper ses revenus, &
les employer que pour la défense de ses sujets, ou pour
augmenter sa puissance : il
estoit agreable à tous ceux
qui traitoient avec luy, &
dans les conversations libres
qu'il avoit avec ceux qui l'a-
prochoient, il évitoit de dé-
plaire par quelque raillerie
piquante, ou quelque parole
desobligeante, & il avoit tant

de clemence qu'il n'y a point d'exemple qu'il n'ait pas fait tout ce qu'il a pû pour éviter de condamner ses Sujets à la mort. Il aimoit passionnement la guerre, mais on croit que l'expedition d'Afrique où il a peri, luy fut suggérée par les Espagnols, à dessein de se défaire de ce jeune Roy qui leur faisoit de l'ombrage.

D. Sebastien mourut en combattant avec un courage invincible. Les Mores publient que ses ennemis avoient esté si charmez de sa valeur, que sa mort les avoit fait pleurer. Il fut abandonné des siens, blessé mortellement au-dessus du sourcil droit, percé de coups de fléches en beau-

coup d'endroits de son corps,
il n'avoit point d'autre blessure à la teste, parce qu'il estoit
armé, mais il en avoit encore
une grande à un bras qui paroissoit un coup de feu. On
assure qu'il fut enseveli en
pleine terre comme un simple
Fantassin, auprés d'un soldat
More, sans qu'on luy fist aucune ceremonie, sans prieres,
& sans que ses funerailles
fussent accompagnées des larmes de ses proches ou de ses
Sujets. Voilà la fin d'un
grand Roy, qui fit d'abord
trembler toute l'Afrique, &
d'un Roy dont les inclinations toutes guerrieres n'auroient pû s'arrester à des entreprises mediocres.

Quoy-que les Mores se

foient réjoüis de la mort d'un
ennemi si puissant, que ses
amis ayent pleuré son malheur, que le Royaume de
Portugal luy ait fait des funerailles magnifiques, que le
Roy d'Espagne ait donné
plusieurs milliers d'écus pour
avoir son corps, & le faire
ensevelir d'une maniere qui
répondist à la grandeur de sa
naissance & de sa dignité, &
que quatre Rois ayent depuis
occupé son throsne; Il s'est
trouvé un homme assez hardi
pour soûtenir à la face de
toute l'Italie qu'il estoit le
veritable Roy D. Sebastien.
Il se presenta à Venize, dans
une assemblée des plus sages
Magistrats qui soient en Europe, il leur raconta les acci-

dens de sa vie, l'Histoire de
ses Predecesseurs, le malheur
qu'il eut en Afrique, d'où il
se retira en Calabre : il fait
plus il se dépoüillé devant
cette illustre Compagnie, il
fait voir qu'il porte sur son
corps dix-sept marques, qui
sont reconnuës avec étonnement des Portugais mesme,
pour estre au moins toutes
semblables à celles qu'ils sça-
voient que leur Souverain
avoit sur son corps ; & il fait
voir encore qu'il a une main
plus grande que l'autre, &
une lévre un peu plus grosse,
qui sont des marques connuës
dans la personne de D. Sebastien. Il parle des Ambassadeurs qu'il avoit envoyé à la
Republique, il dit les répon-

ſes qu'il en avoit reçûës , & tout ſe trouve conforme à ce qu'il expoſe : il répond hardiment à tout ce qu'on luy objecte : & ſoûtient ce qu'il dit avec fermeté : ce qui fait que pluſieurs de ce Senat le croyent le veritable Roy , & les autres le prennent pour un Magicien.

Mais enfin ce Prince vrai ou faux eſt mené priſonnier à la ſollicitation de l'Ambaſſadeur d'Eſpagne, & aprés l'avoir eſté long-temps , on le remet en liberté , en l'obligeant de ſortir en trois jours de l'Etat de Venize.

Quelques Portugais touchez de compaſſion le déguiſent en Dervis, & le conduiſent ſecretement à Florence,

pour le faire paſſer à Rome,
mais le Grand Duc de Toſca-
ne le fait arreſter, & l'envoye
au Viceroy de Naples. Il ſe
preſente à luy avec ſa hardieſſe ordinaire, & ſurprend tous
ceux qui le voyent & qui
l'entendent parler : & voyant
le Viceroy découvert, il luy
dit avec beaucoup d'aſſuran-
ce & de gravité : Couvrez-
vous Comte de Lemos. Ce
qui oblige ce Miniſtre du
Roy d'Eſpagne à luy demander quelle authorité il avoit
de luy parler ainſi : à quoy il
répond que cette authorité
eſt née avec luy, qu'il feint
de ne le pas connoiſtre, que
cependant il devroit ſe ſouvenir que le Roy Philippes ſon
oncle l'avoit envoyé deux

fois à luy, & que l'épée qu'il avoit alors à son costé estoit la mesme qu'il luy avoit donnée en ce temps-là.

Le Jugement que prononça le Viceroy fut que c'estoit un imposteur, qui meritoit d'estre mis aux Galeres, où il l'envoya aussi-tost, & où l'on dit qu'il est mort depuis.

Cependant les Portugais ont esté persuadez que c'estoit leur veritable Roy, mais ils le soûtiennent encore, & rien n'est capable de les faire changer de sentimens; & dans le monde il y en a qui pensent differemment, plusieurs veulent que ce soit un diable, les plus raisonnables croyent que c'estoit un imposteur, les ignorans disent qu'il estoit Magicien,

cien , & les simples ne doutent pas que ce ne fust un Roy.

Ce n'est pas là le premier exemple qu'on a eu de la temerité d'un imposteur. Rome vit autrefois un homme qui eut l'audace de publier qu'il estoit le veritable Pompée qui avoit esté tué en Egypte par la cruauté du jeune Ptolomée. La Reine Artemise trouva un certain Artemius qui avoit tant de ressemblance avec Antiochus son mari qu'elle avoit fait assassiner , qu'il ne fut point reconnu quand il se mit dans le lit du Roy mort , feignant d'estre ce Souverain au lit malade , qu'il recommanda Artemise à ses Sujets, & qu'il fit beaucoup de cho-

ſes en faveur de cette Princeſſe. Sous le regne de Tibere
n'euſt-on pas ſujet d'eſtre ſur-
pris de la réponſe hardie que
fit un eſclave à cet Empereur,
qui l'interrogeoit comment il
avoit fait pour ſe faire Agrip-
pa, il luy répondit ſans s'étonner, de meſme que tu t'es fait
Ceſar.

Le D. Sebaſtien dont je
viens de parler, n'a pas eſté le
ſeul qu'on a vû dans le monde, il y en a eu encore deux
autres, un deſquels eſtant ſor-
ti des Iſles Terceres, qui avoit
beaucoup de reſſemblance
avec ce Prince s'en alla en
Portugal, où il dit qu'il eſtoit
échappé miraculeuſement de
la bataille qu'il avoit perduë
en Afrique, qu'il s'eſtoit ſau-

vé dans des bois, & qu'il eſtoit retourné dans ſon Royaume pour donner la paix à ſes peuples, & les tirer de la tyrannie des Etrangers : mais ayant eſté convaincu d'impoſture, on le fit mourir dans les ſupplices.

On conte qu'un autre eſtant venu déguiſé en habit de Pellerin à Madrid meſme, & ayant eu une longue & ſecrette converſation avec le Roy Philippes Second, par qui l'on ſoupçonne qu'il fut reconnu pour ce malheureux Roy, fut empoiſonné par ordre de Philippes dans un repas magnifique que luy donna Antonio Peres.

J'écrirai beaucoup de choſes à l'invincible Vizir que

j'ay differé de luy mander, parce que j'ay voulu en eſtre aſſuré, elles ſont importantes: mais il y auroit eu de la legereté à les écrire ſur les premiers bruits qui en ont couru parmi le peuple, & ſur les premiers avis que j'en ay reçu. Reçoy toûjours avec la meſme bonté les marques que je te donne de mon obeïſſance, envoye-moy tes ordres & tes conſeils que je prie celuy qui a créé tous les hommes de t'inſpirer toûjours bons, & toûjours utiles à l'Empire des ſeuls qu'il a bien voulu éclairer des veritez neceſſaires pour parvenir à la gloire, & aux plaiſirs que nous promet de ſa part noſtre ſaint Pro-

phete, & je le prie auſſi qu'il
conſerve ta vie & ton authorité.

*A Paris le vingt-quatre de la
ſixiéme Lune de 1642.*

I i iij

# LETTRE

## XCIX.

## A

## L'INVINCIBLE
### Vizir Azem.

### A Constantinople.

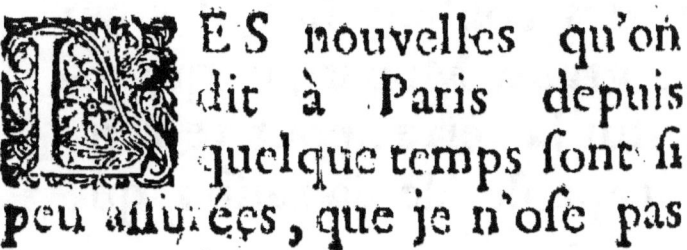

LES nouvelles qu'on dit à Paris depuis quelque temps sont si peu assurées, que je n'ose pas mefme écrire les chofes que je fçai eftre veritables, qu'aprés en avoir eu la confirmation par tant d'endroits qu'on n'en puiffe plus douter.

L'Europe Chreftienne eft fi agitée, & il y a tant de differens interefts qui la mettent en mouvement, qu'il ne faut pas s'étonner fi l'on reçoit fouvent de faux avis, dont il y en a beaucoup qu'on fait courir exprés, & qu'on accompagne fouvent de tout ce qui peut aider à les faire croire. Si tu n'as pas la bonté de foûmettre ce genie fi élevé & fi penetrant qui te fait donner des confeils fi utiles au plus grand Monarque qui regne fur la terre, pour te rendre capable de la raifon que

je te dis, je te paroistrai sans
doute criminel de t'écrire pré-
sentement des choses que je
pouvois t'apprendre, il y a
déja plusieurs Lunes. Tu
peux au moins t'assurer que je
ne te dirai jamais un mensonge, & quelque paresse que tu
me reproches, je ne me dé-
fendrai point aux dépens de
la verité.

Il y a des troubles en Angleterre & en Ecosse, comme
dans le reste de l'Europe, &
les affaires y sont si brouillées
qu'on y apprehende avec
beaucoup de raison quelque
évenement fatal à ce grand
Royaume, qui est gouverné
par des personnes differentes,
& dont il y en a de qui l'authorité est égale à celle du
Roy,

Roy, si elle n'est pas plus grande. Je veux parler du Parlement, qui est composé de Prelats, de Barons & des Députez des Villes & des lieux Privilegiez, & tous ceux qui composent cette Assemblée ayant tous des interests & des passions differentes, ils ne s'accordent que dans un seul point, qui est de s'opposer à la puissance Royale, & d'empescher le Roy de regner avec tranquillité.

Le Roy s'appelle Charles, c'est le premier qui a porté ce nom, il est de la race des Stuards, c'est un fort bon Prince & fort sage, mais qui estant resolu à ne rien faire contre son honneur & contre sa dignité, se trouve souvent

*III. Partie.* Kk

conrredit dans les chofes les plus juftes ; fon plus grand differend eft avec le Parlement, il pretend affoiblir l'authorité de ce Corps, qui veut foûtenir fon pouvoir , & mefme l'agrandir. Ce Prince ayant prétendu établir de nouveaux impofts pour l'entretien de fon armée navale y a réüffi, il a prétendu enfuite que toutes les forefts du Royaume appartenoient à la Couronne, mais cette prétenfion a efté un écuëil contre lequel l'authorité Royale a échoüé. Le Roy produit un titre tres-ancien, par lequel il preuve que tous les bois eftoient des biens de la Couronne, qui ont efté depuis ufurpez par les particuliers qui les ont arrachez,

& en ont fait des champs, &
des lieux de paſcage, dont ils
ont depuis joüi de mauvaiſe
foy.

Si Charles gagnoit ſon procés , il y auroit un grand
nombre de familles dépoüil-
lées des biens dont ils joüiſ-
ſent depuis un temps imme-
morial ; & un intereſt qui n'eſt
pas leger eſt cauſe des troubles qui agitent preſentement
ce grand État : on n'a répondu d'abord aux pretenſions
du Roy que par des remon-
trances , des raiſons dites avec
impetuoſité & peu de reſpect :
mais il eſt à craindre preſentement que ces Peuples ne viennent à défendre leur droit par
les armes, & qu'ils ne forcent
leur Souverain à leur ceder , ce

K k ij

qui ne fe peut faire fans que l'authorité Royale en foit fort bleffée; & que le Prince ne foit expofé à perdre beaucoup plus qu'il n'auroit gagné s'il eftoit venu à bout de fa pretenfion.

Il fe mefle à tout cela un pretexte de Religion, qui eft un motif puiffant pour animer les Peuples : mais je ne te dirai pas de grandes particularitez là deffus. Tous les peuples du Septentrion, & particulierement les Anglois, font attachez à de nouvelles creances, & feparez de l'Eglife Romaine, à laquelle ils font entierement contraires, & ils regardent comme leur ennemi capital le Souverain Pontife qui en eft le Chef. Mais je ne puis taire la nouvelle opinion qui est soûtenuë par les Ecossois. Un certain Alexandre Leslé soldat de réputation, mais inquiet & seditieux s'étoit introduit chez ces Peuples, & cherchant tous les moyens d'y allumer une guerre Civile, il fit si bien qu'il obligea ceux qui avoient le soin & la direction des Eglises à souscrire à une nouvelle Profession de Foy toute opposée à leur Liturgie, en déclarant que personne ne pouvoit estre Puritain qui n'y souscriroit pas. Cette nouveauté causa une grande division dans ce Royaume, & ce est une déclaration tacite, qui interdisoit tout-à-fait la Profession de la Religion Catholique. Les Autheurs de cette nouvelle Secte, appelle-rent cette nouvelle Religion, un Accord ou un Traitté fait entre Dieu & l'Eglise d'Ecos-se, à l'exemple de celuy qui se fit dans les premiers siecles, entre le mesme Dieu & le peuple d'Israël; & ces nou-veaux Heretiques jurerent en-tre eux qu'ils seroient toû-jours unis, prests à se soûle-ver contre ceux qui les vou-droient troubler, & contre le Roy mesme s'il estoit necessai-re, & cette Ligue se donna le titre de Convenant.

Le Roy ayant esté averti d'une nouveauté si dangereuse ne se pût défendre d'armer, il va contre ces Rebelles, mais il ne les défait point, il a la foiblesse de les écouter, & les nouvelles propositions que luy font les Anglois, il fait un Traitté peu honorable, il perd le temps, & il n'execute rien.

Cependant on voit à Londre de nouveaux desordres & un nouveau feu qui s'allume, on presente au Parlement une Requeste signée de quinze mille Citoyens, qui demandent l'entiere abolition du gouvernement Ecclesiastique, qu'on condamne & qu'on brûle tout ce qui a du rapport avec Rome, mais le Parlement passe plus outre, & voulant pousser le Roy, aux dernieres extremitez, il ordonne que son favori sera mis en prison.

K k iiij

On va voir Thomas Wentuvort Comte de Strafford, devenir la cause d'une grande tragedie, & un exemple fameux de temerité, de revolte & d'attentat à la Majesté Royale. Les bonnes qualitez de ce Comte, Chevalier de la Jaretiere, & Viceroy d'Irlande luy avoient fait acquerir la faveur du Prince, & sa douceur accompagnée de tout ce qui la pouvoit rendre recommandable le faisoit aimer & honorer de tout le monde.

Ce Comte a esté accusé de crimes énormes, dont le premier est d'avoir voulu introduire en Angleterre un Gouvernement tyrannique, d'avoir volé à l'Etat des sommes tres-

confiderables , d'avoir efté
l'autheur des differends qui
avoient efté entre l'Angleterre
& l'Ecoffe , d'avoir beaucoup
contribué aux progrés que la
Religion Catholique avoit
fait dans ce dernier Royaume , & enfin d'avoir procuré
par fes pratiques la diffolution
du dernier Parlement.

Le Roy devient l'Avocat
de fon favory, il plaide pour
luy en plein Parlement , il
parle avec toute la force
poffible : mais les Juges font
fourds , & malgré l'authorité
du Prince , malgré fes vives
remonftrances, & malgré l'innocence mefme du prifonnier
il eft condamné à perdre la
tefte, & la Sentence executée.

La perte d'un homme n'eft

pas confiderable , mais une perte confiderable eft la perte de l'authorité à un Roy- maî- tre de trois Couronnes , à qui on fait la loy fur fon Throfne mefme. Et je fuis perfuadé, invincible Capitaine , & pre- mier Miniftre du plus grand des Monarques , & par l'éten- duë de fon Empire où toute la terre eft foûmife , & par la veritable loy de Dieu qu'il fuit , que tu trouveras com- me moy que cette perte ne fe peut reparer.

Le Parlement felon les Loix ne pouvoit faire mourir le Viceroy fans que le Sou- verain foufcrivift la Sentence qui le condamnoit à la mort : & ce Prince eut deffein de ti- rer par force fon favori de la

Tour de Londre , mais il ne
l'entreprit pas de crainte qu'il
eut de l'évenement. Cependant le Roy estant pressé de
signer la Sentence de mort ,
il entre dans le Parlement, il
assure avec beaucoup de fierté
que jamais sa main ne servira
d'instrument à la mort d'un innocent qui l'avoit bien & utilement servi , & que rien au
monde ne le feroit consentir
à une action si indigne. Cette
declaration du Roy fait que
les membres du Parlement
font une confederation entre
eux sous pretexte de maintenir la Religion , & se nomment les Parlementaires, d'où
ont esté exclus ceux des Catholiques qui ont refusé d'entrer dans leur ligue. Mais pour

tout cela le Roy ne s'ébranle
point, & il auroit perfifté dans
fes fentimens , fi le Viceroy
qui eftoit averti de tout dans
fa prifon ne l'euft tres-hum-
blement fupplié de le laiffer
mourir, puifque fa mort eftoit
abfolument neceffaire pour appaifer la revolte dans fa naiffance, & mefmes les inftances
de fon favori, qui fe vouloit
facrifier pour le bien public,
n'auroient rien fait, fi le Peuple preffé par les Parlementaires n'avoit forcé ce Prince à
faire ce qu'il avoit en horreur,
ce qu'il ne devoit pas vouloir,
& ce qu'il ne pouvoit vouloir,
& qu'il falut à la fin qu'il vou-
luft, parce que le Peuple & le
Parlement affemblez eftoient
plus forts que toute fon auto-

rité, la Justice & leur devoir.

Ce Favori du Roy de la Grande Bretagne est mort avec une constance & un courage, que rien n'a pû ébranler, ny la vûë de l'échaffaut, ny l'appareil de la mort, non plus que la presence du boureau n'ont pas esté capables de l'étonner; & la presence de ses ennemis qui ont voulu assister à l'execution, ne l'a pas fait changer de visage, il n'a pas dit une parole qui marquast qu'il fust troublé, & il n'a fait aucune action qui pust faire connoistre qu'il eust quelque alteration dans l'ame. Il alla à pied de la prison au lieu destiné à son supplice, il n'estoit point lié, il saluoit en passant tous ceux qu'il rencon-

troit, & diſtinguoit par ſa maniere de ſaluër, la condition
des gens : ce qui a fait dire à
tous les Anglois & à ſes ennemis meſmes, que dans l'extremité de ſa vië, il avoit paru intrepide comme Socrate,
& plus fort que Caton , puiſqu'il n'avoit donné aucune
marque de trouble , d'abate-
ment, ny de deſeſpoir.

Il parla long-temps au Peuple ſur l'échaffaut & prit congé de luy , il fit enſuite ſes
prieres, & recommanda ſa femme & ſes enfans à ſon frere
qui eſtoit preſent, puis s'eſtant
oſté ſon manteau, & ayant dé-
pouïllé ſon pourpoint, il fit
une nouvelle & courte priere
à ſon Dieu qu'il remercia
meſme de ce qu'il l'appelloit

à luy par cette voye. Il se tourna aprés vers le boureau, luy dit qu'il luy pardonnoit sa mort, qu'il ne le frappast point qu'il ne luy eust fait signe, il se mit à genoux, & ayant fait signe, le boureau luy abatit la teste d'un seul coup, la releva & la montra au Peuple qui se mit à crier, Vive le Roy.

Le sang de ce Favory de Charles n'a point appaisé la rebellion, elle est au contraire devenuë plus vive, le Parlement continuë ses excés, & on a emprisonné par ses ordres plusieurs personnes de consideration que le Roy affectionnoit, parmi lesquels se trouve l'Archevesque de Cantorbery. On a aussi arrêté plusieurs domestiques de la Reine, & par un attentat execrable à l'authorité Suprême, ce Parlement a osté au Roy le commandement de l'armée Navalle avec une expresse défence aux Capitaines & aux autres Officiers d'obeir à d'autres ordres qu'à ceux qui viendront du Parlement. Je me prosterne de nouveau à tes pieds, le plus sage des Ministres, & le plus grand de tous les Capitaines du monde, qui ne vois rien au dessus de toy que nostre redoutable Souverain, que le Createur de l'Univers a donné pour faire reconnoistre sa Loy à tous les peuples de la terre; & je te supplie de vouloir recevoir avec bonté l'hommage du fidele

le esclave de sa Hautesse, l'o-
beissant Mahmut.

A. Paris, le vingt-quatre de la
sixiéme Lune de 1642.

# LETTRE

## C.

## AU

## VENERABLE
### Mufti, Prince de la Religion des Turcs.

ON ne sçait si c'est la recompense d'une bonne ou d'une mauvaise action qu'on dit que le Cardinal de Richelieu

a envoyée avec tant de secret.
Ceux qui donnent même une
mauvaise interpretation aux
meilleures choses , disent
qu'on ne peut avoir envoyé
dans un bois pendant une nuit
obscure un mulet chargé d'or
à un inconnu sans que cela
marque quelque chose de fort
extraordinaire; & ceux qui en
veulent sçavoir plus que les
autres sont quelquefois plus
ignorans que ceux qui ne veulent rien sçavoir. Car qui ose-
seroit penetrer ce que fait un
Ministre si éclairé dans l'inte-
rieur de son Cabinet ? ses
actions sont si misterieuses,que
quand il regarde à l'Orient,il a
ses vûës tournéesdu côté du
Midy.Et on a beau l'observer,
il trompe même ceux qui se
picquentde le regarder de plus

prez. Je n'oferois donc te rien
dire d'affuré. On conte le fait
differemment, mais voilà comme je croi que la chofe s'eft paf-
flée. Le Cardinal fit charger il y
a quelques jours une grande
fomme de deniers fur un mulet, il ordonna à celuy à qui
il en confia la conduite d'aller dans un tel bois, à une telle heure, luy dit qu'il y trouveroit un homme de telle
taille, d'un tel poil, habillé
de telle forte, & qui parle-
roit de tel langage, qu'il luy
mit le mulet & l'argent entre
les mains. On compte que le
voiturier trouva l'homme qui
luy avoit efté dépeint, mais
qu'il n'avoit point voulu recevoir le prefent, parce qu'il
ne trouvoit pas que ce fuft
la fomme dont il eftoit con-

venu. Que tout cecy ayant esté rapporté au Cardinal, il avoit renvoyé le même voiturier avec le supplément qui man- quoit à la somme promise, la nuit suivante, où l'inconnu s'estoit rencontré & avoit re- çû le payement qu'on luy fai- soit. Si cette histoire est bien veritable, comme on la soû- tient icy, avouë que c'est une maniere agreable de faire des presens, ou de payer des dettes.

Mais encor tu seras bien plus surpris d'entendre que ce n'est pas la premiere fois que Richelieu paye ainsi ses Creanciers : L'on m'a dit pour une chose tres assurée, qu'é- tant arrivé à Paris, un étran- ger mal vétu, de petite taille, & sans aucune suitte, il luy fit compter sur le champ dans le même moment de son arrivée six cens mille écus, sans que l'on aye jamais pû sçavoir ce qu'est devenu un si heureux Creancier, ny de quel merite procedoit une si haute recompense ; quoy que quelque politique soûtient qu'une somme si grande est tombée dans les coffres d'un Général Suedois.

Reçois avec charité les marques que je te donne de mon obeïssance & de l'envie que j'aurois de faire quelque chose qui te donnast du plaisir, & prie nôtre grand Prophete que je puisse estre digne en l'autre monde de baiser tes pieds, & d'être reconnu du nombre de ceux pour qui il a écrit le saint Alcoran.

*A Paris le vingt-cinq de la sixiéme Lune de 1642.*

# LETTRE

## CI.

### A

## BERBER MVSTAFA
### Aga.

### à Conſtantinople.

JE ne ſçai ſi tu as con-
noiſſance de l'uſage
des défis que ſe font
les Chreſtiens quand ils ſont

mal satisfaits les uns des autres, ou qu'ils sont offensez, ce qu'ils appellent des actions d'honneur, ou les marques d'une genereuse intrepidité.

Cet usage de se battre en duel est devenu si commun en Italie, & principalement dans le Royaume de Naples, que les plus grandes affaires comme les plus petites y sont decidées par l'épée, & les Gentilhommes soûtiennent que c'est une voye de terminer leurs disputes & leurs querelles, qui n'appartenant qu'à eux, ne peut estre permise aux autres, qui plus sages & plus moderez ne se mettent pas en peine d'estre distinguez par un privilege qui couste souvent fort cher, & qu'ils appellent

appellent une folie honora-
rable.

Cette invention de decider
ces differents par les armes, ou
avec la feule épée ou avec le
piftolet, en champ clos, ou
ouvert, nud en chemife, de
maniere qu'on n'a nulle fuper-
cherie à craindre, eft un moyen
de tirer raifon des torts, ou
des injures qu'on a receu, trouvé par des hommes d'un grand
courage, qui eftimoient beaucoup plus leur honneur que
leur vie. L'offenfé envoye un
Cartel à celuy dont il a reçeu
l'injure, ce Cartel eft conçeu
en termes choifis, & fort éle-
gans, qui invitent & preffent
celuy qui a offenfé à fe battre
en duel, en un tel endroit, à
pied ou à cheval, veftu, ou

III. Partie.          M m

en chemife, feul ou avec un nombre égal d'amis, qu'ils nomment des feconds, avec l'épée & le poignard, ou l'épée toute feule, ou au piftolet; fi le défi eft reçeu, on fait mille honneftetez à celuy qui l'a porté, on luy fait mefme de riches prefens. On convient du lieu, on partage le Soleil, on vifite le champ, & on mefure les armes. Mais devant que de fe battre, les ennemis s'embraffent comme s'ils fe reconcilioient, & puis en un inftant, fuivant les mouvemens de leur haine, & de la vengeance, ils combattent, ils fe bleffent, ils répandent le fang les uns des autres, & fouvent leur ame fort toute furieufe par les bleffures qu'ils fe font faites.

Ceux qui ont l'honneur de mourir dans ces combats, refusent souvent la vie qu'un ennemi genereux leur veut donner, croyant qu'ils ne pourroient vivre sans honte s'ils tenoient la vie de leur ennemi.

Mais l'Eglise Latine pour marquer l'horreur qu'elle a de ces combats, ferme la porte du ciel aux ames de ceux qui meurent sans en avoir fait penitence, privant mesme de la sepulture les corps de ceux qui meurent sur le champ de bataille, ou ne leur accordent que celle qu'on donne chez certains peuples des Indes-Orientales aux femmes qui se prostituent, dont les Cadavres sont aban-

donnez dans la Campagne
aux Corbeaux , & aux au-
tres animaux qui vivent de
charogne , & ou on ne donne une belle & honorable fe-
pulture qu'à ceux qui ont vécu en gens de bien , & qui
ont paru d'une vertu exemplaire.

Ce n'eſt pas en Italie ſeulement qu'on s'entretuë dans
des combats ſinguliers , c'eſt
un mauvais uſage de la No-
bleſſe de France , qui fit ces
ſortes de combats d'une maniere plus eſtrange ; Les meilleurs
amis ſe dechirent pour ainſi dire, ſur le moindre ſujet, & ils ſe
preparent à un duel d'une maniere qui te paroiſtra ſans doute bizarre. On voit ces ennemis ſouper enſemble le ſoir

qui precede le jour du combat, & souvent passer la nuit dans le mesme lict. Les amis qui servent de seconds en font de mesme , & quand ils se trouvent dans le lieu où ils se doivent battre, on voit souvent un ami forcé par les maximes d'honnesteté establies, estre obligé de se couper la gorge avec l'homme qu'il aime le plus. Rien n'arrive si souvent dans cette Ville de Paris que ces sortes de combats , & ils produisent une infinité d'avantures fort bizarres que je te conterois, si je n'avois une Histoire tres-particuliere à te raconter sur cette matiere-là. C'est le deffi d'un Prince Espagnol à un Roy que la Couronne n'a pû mettre à couvert du Cartel qu'a ozé luy envoyer un homme d'un rang inferieur au fien.

Tu auras sçeû sans doute les avantures arrivées à Lisbone, où D. Jean de Bragance a esté éleû & proclamé Roy de Portugal comme le veritable heritier des anciens Rois, tu n'ignores pas aussi qu'il a chassé de ce Royaume, tous les Espagnols. Tu dois avoir encore sçeu que le Duc de Medina Sidonia grand d'Espagne, beau-frere de ce nouveau Roy, n'a pû empescher qu'on ne le soupçonnast d'avoir aidé à ce Prince à monter sur le Trône, s'il est vray, ou si c'est un artifice de ses ennemis, c'est une chose qui n'est connuë que de Dieu feul, mais il eft certain que le Comte Duc d'Olivarez premier Miniftre d'Efpagne luy ayant envoyé ordre de fe rendre à Madrid pour fe juftifier de ce foupçon, il a creû s'en purger entierement, & s'affeurer contre les deffiances du Roi Catholique en envoyant un Cartel de deffi au Roy D. Jean de Bragance pour l'obliger à fe battre avec luy, & le Cartel eftoit conçeü dans les termes fuivans.

D. Gafpar Alonzo Peres Gufman le Bon, Duc de la Ville de Medina Sidonia; Marquis, Comte, & Seigneur de la Ville de Saint Lucar de Barameda, Capitaine General de la

Mm iiij

Mer Oceanne, & Gentilhomme
de la Chambre de sa Majesté Catholique. Ie dis que, Iean de
Bragance, qui ne fut jamais que
Duc, se dit faussement Roy de
Portugal, que sa trahison connuë
de tout le monde, est detestable,
& qu'elle est en abomination,
pour avoir imprimé une tache à
la fidelle Maison de Gusman, qui
n'a jamais manqué en rien de ce
qu'elle devoit à ses Souverains,
& par cette raison je deffie &
appelle en combat singulier, corps
à corps, avec des seconds, ou sans
seconds, ce D. Iean autrefois
Duc de Bragance, laissant tout cela à son choix comme aussi celuy
des Armes, & du lieu du combat. Ecrit prés de Valence d'Al-
cantara, où j'attendray quatre-
vingt jours entiers de ses nouvel-

les, & les derniers vingt jours je
me trouveray dans le lieu qu'il me
marquera accompagné où, en accompagné, avec les armes qu'il aura prescrites.

Non seulement le tiran de Portugal pourra estre averti de mon
deffi, mais toute l'Europe & le
monde entier.

Ie pretens faire connoistre dans
ce combat, l'action infame de D.
Iean, & en cas qu'il n'accepte pas
le deffi & qu'il manque en cela
au devoir d'un homme qui est né
Gentilhomme, voulant que ce Roy
qui n'est qu'un Fantosme perisse de
quelque maniere que ce soit, Ie
promets de donner ma Ville de
Saint Lucar principale residence
des Ducs de Medina à qui le tuë-
ra.

Ie supplie cependant le Roy des

Espagnes mon Seigneur, à ne me donner aucun commandement dans ses armées, & de m'accorder de se servir seulement de ma personne en qualité de Volontaire, avec mille chevaux que j'entretiendray à mes dépens, jusques à ce que le servant de la sorte, j'aye pu aider au recouvrement du Royaume de Portugal, & que j'aye pû mener aux pieds de sa Majesté Catholique le Duc de Bragance s'il ne vient se battre avec moy en champs clos de la maniere dont je luy propose.

Si tu fais voir ce Cartel aux Janissaires cette milice, redoutable à toutes les Nations du monde, à qui rien ne peut resister, quand elle execute les ordres du Grand-Seigneur, ils

te diront ce qu'exige un tel
deffi des gens de courage , &
t'expliqueront les Loix que
les gens de valeur fe prefcri-
vent ; pour moy qui ne fçay
point l'art de la guerre ,
ny les maximes de ceux qui
font profeffion des armes ,
je m'abftiendray de faire là-
deffus aucun jugement , & je
prendray feulement la liberté
de te demander, fi le Roy de
Portugal avoit accepté le combat , & qu'il euft tüé le Duc
de Medina lequel des deux
auroit efté declaré infame ? s'il
y a quelque feureté dans les
decifions que les armes font,
il faut croire , felon moy, que
la juftice eft du cofté du vainqueur. Si l'évenement du Duel
eftoit incertain, il y a eû de la

folie au Duc de s'y expofer, & d'injurier le Roy fon beaufrere. Mais auffi le Roy pouvoit fuccomber, & c'eft ce qui marque à mon fens la jufte raifon qu'il a eû de ne point accepter le défi fans toutes les autres, qui ne doivent pas eftre inconnuës : en un mot le Duc n'a pas montré beaucoup de prudence, & le Bragance a eû tout l'avantage puifqu'il a bien marqué par fa conduite qu'il eft effectivement Roy de Portugal.

Il ne m'eft pas poffible de m'empefcher d'appeller fols les Nazaréens qui fouffrent de telles couftumes chez eux & qui adorent cependant un Meffie, qui eft un Dieu de paix, & qui nous appellent

barbares , quand ils font les
feuls qui nous apprennent , &
à toutes les autres Nations
l'art des combats finguliers
qui eft l'ufage le plus pernicieux qui fe pouvoit introduire parmi les hommes , qui
s'égorgent par-là les uns les
autres , le plus fouvent pour
des fujets tres-legers , & qui
prodiguent par là un threfor
que l'immortel leur a confié.
Je ne puis non plus approu-
ver que des Roys & des Princes d'une mefme créance fe
faffent cruellement la guerre , comme nous le voyons
tous les jours par ceux qui
font de la Religion de Chrift,
quoy qu'à regarder humaine-
ment les chofes , ils en ayent
fouvent de tres legitimes
fujets.

Pardonne le long entretien que je te fais, excuſe les re-flexions que j'y inſere, & ho-nore moy de tes commiſſions ſi tu me veux faire un tres-grand plaiſir.

*A Paris le vingt-cinquiéme de la ſixiéme Lune de 1642.*

# LETTRE
## CII.

### A
### L'INVINCIBLE
### *Vizir Azem.*

### *A Conftantinople.*

ON ne voit en ce temps cy que conjurations, que guerres, que feditions, des trahifons, des infidelitez, & des revolutions

d'Eftat , & c'eft dans les Royaumes du vice qu'on voit ces
fleaux du ciel faire d'eftran-
ges ravages , je veux dire dans
les terres des Chreftiens. L'infidelité regne parmi les peuples de Catalogne , d'Angleterre & de Portugal , les revolutions arrivées à Barce-
lonne n'ont point d'exemple,
le deffi ou pour mieux dire
l'appel d'un fujet à un Roy,
comme eft celuy du Duc de
Medina Sidonia au Roy de
Portugal , comme fon beau-
frere, & comme fon ennemi,
furprend également tout le
monde. On n'eft gueres moins
furpris des trahifons qu'on
fait à des Miniftres favoris,
& qui ont en main toute l'authorité du Prince. On a fujet

jet de croire auffi que Dieu
eft irrité contre les Chreftiens
quand on confidere la Flandre, l'Allemagne, l'Italie, & les
frontieres d'Efpagne infec-
tées des guerres que fe font
les François, les Alemans, &
les Italiens, & les Efpagnols.
L'animofité de la plufpart des
grands de la Cour de France
contre le Cardinal le premier, & le principal Miniftre, qui les porte à faire
des projets contre fa vie, où
pour s'oppofer à fon exceffive
puiffance fait bien connoiftre
que les poftes les plus elevez
font les plus expofez aux inful-
tes de la fortune. Les dernieres
conjurations qu'on a décou-
vertes contre la vie de D.
Jean IV. de Portugal elevé

*III. Partie.* N n

au trône par la Nobleſſe , & trahy par cette meſme No-bleſſe , non pas par le corps entier, mais par un petit nom-bre de ceux qui avoient pre-ſté le ſerment de fidelité com-me les autres , nous font voir avec certitude, qu'il n'y a rien ſur quoy l'on puiſſe s'aſſeurer entierement , & qu'il y a beau-coup de gens qui ſe portent meſme à des actions juſtes par les mouvemens d'un eſprit in-quiet & injuſte , qui ne peut ſouffrir que les choſes demeu-rent dans un eſtat tranquille, & qui aſpirent continuelle-ment à des changemens, & pour qui tout eſt bon , pour-veu qu'il ſoit nouveau. Je te racconteray en peu de mots ce dernier évenement. Tu dois estre informé des autres , & par les Lettres que je t'ay écrites , Invincible General des Armées Ottomanes , & difpenfateur des Loix de l'Empereur & du fouverain des Rois , & par celles qu'ont reçeu de moy & le Kaimakan , & les Baf- chas qui reçoivent par ta bou- che les ordres de fa Hautef- fe , qui font tous obligez de te rendre compte de ce qui vient à leur connoiffan- ce.

Plufieurs grands de Por- tugal , & parmi eux quel- ques parents du nouveau Roi avoient fait une confpiration contre luy , & avoient refolu de remettre le Royaume fous la puiffance des Efpagnols, &

de ruiner entierement la maifon de Bragance. Le principal auteur de la confpiration
eftoit D. Sebaftien de Mattos
Archevefque de Brague, crea-
ture du Comte Duc d'Oli-
varez à qui il devoit fa fortune. Les premiers qui confpi-
rerent avec ce Prêtre feditieux
furent le Marquis de Ville
Reale, & le Comte d'Arma-
mar, ces deux hommes d'une
grande naiffance, & d'un
grand credit en attirerent
bien-toft beaucoup d'autres
dans leur parti, les uns par
l'efperance des recompenfes,
& les autres par l'ennuy qu'ils
avoient d'obeïr à leur nouveau Souverain, ou laffez de
la nouvelle forme de l'Eftat
qu'ils s'eftoient perfuadez qui

se pourroit changer à leur a-
vantage. Ils entretinrent long-
temps une secrette intelligence
avec le conseil du Roy Catholique qui leur promettoit
tout le secours possible pour
l'execution de leur dessein, &
aprés cela des recompenses
infinies.

La fin de cette conspiration
devoit estre une funeste tragedie, où l'on devoit répandre tout le sang de la Maison
Royale, & de la famille de
Bragance. Le Roy devoit ê-
tre la premiere victime qu'on
auroit immolé avec ses enfans
& la Reine sa femme. On
devoit aussi faire mourir D.
Duart, retenu prisonnier dans
le Chasteau de Milan, & c'é-
toit dans la prison qu'on luy

devoit fait souffrir le suplice
où il estoit destiné.

Un Domestique affectionné
à son Maistre, & qui estoit
attentif à tout ce qui se passoit, a tiré le Roy, & toute la
Maison de Bragance d'un si
grand peril. Il estoit ordinairement employé à des intrigues secretes, & il faisoit souvent des courses en Espagne
pour découvrir les desseins de
la cour de Madrid. Il ren-
contra par hazard dans une
Hostellerie un homme qui
paroissoit de tres vile condition, né dans le Royaume de
Boheme, avec qui ayant fait
une assez estroite amitié,
comme il arrive parmi les
Voyageurs, il vint à découvrir qu'il estoit souvent dé-

pesché par le principal Ministre du Roy Catholique
pour des affaires pressées, &
de tres grande importance;
qu'il esperoit faire bien-tost
une fortune considerable, &
qu'enfin on luy confioit souvent des pacquets, où on
traittoit des choses les plus
necessaires au bien de l'Estat.
Le fidelle Portugais connoissant bien qu'il pouvoit découvrir des secrets fort im-
portants au service de son
Maistre par l'imprudence de
l'autre, resolut de le tuër
dans un lieu desert où ils devoient passer, ce qu'il fit aprés
l'avoir endormi à force de boire d'un vin fort, & qui donnoit à la teste, qu'il avoit
choisi exprés. Aussi-tost qu'il

fut mort il le dépoüilla & luy
trouva des Lettres & des in-
ftructions aux partifans d'Efpagne, qu'il porta bien promp-
ptement au Roy D. Jean qui
découvrir par là tout la conjuration, & les complices.

Il y en a d'autres qui difent
que D. Alfonfe de Portugal
Comte de Virmiffa ayant efté
follicité par l'Archevefque de
Brague qui creut aifément l'a-
voir mis de la conjuration parce qu'il eftoit mécontent du
Roy, qui luy avoit ofté une
grande Charge, alla trouver
fon fouverain, & luy découvrit franchement le complot
qui avoit efté fait de luy ofter
la Couronne & la vie auffi bien
qu'à toute la Maifon de Bragance, & on adjoufte que ce
Comte

Comte parut depuis un des
plus échauffez des complices,
jufqu'à ce qu'eftant prés d'executer leur projet, ils furent arreftez & depuis punis fuivant
la rigueur des Loix de ce
Royaume contre les traiftres.
Il y a encore bien des gens
qui veulent que le beau-frere
du Roy le Duc de Medina
Sidonia ait paru aux complices d'eftre de la conjuration,
& qu'il en ait donné connoiffance au Roy fon beau-frere.
Les conjurez ont enfin peri
par des fupplices differens dans
les Places publiques, où le peuple affemblé deteftant leur
crime, faifoit paroître de la
joye de leur mort, & beniffoit
le Ciel qui avoit confervé leur
Souverain.

*IV. Partie.* O o

Ils furent arreftez un jour que le Roy avoit fait dire qu'il vouloit paroiftre en public, & toute la Nobleffe eftant affemblée, il fit appeller les coupables les uns aprés les autres, & ils furent tous faits prifonniers fans aucun bruit. Cependant ce qu'il y avoit de troupes dans Lifbonne eftoit fous les armes, & le peuple eftoit auffi armé pour fecourir le Roy en cas qu'il en euft eu befoin. L'Inquifiteur General fut traitté en coupable, pour avoir fçû la confpiration & ne l'avoir pas découverte. Le Grand Threforier Laurens Pides qui avoit les clefs de la premiere court du Palais devoit entrer de nuit avec cent hommes armez, & commencer

la tragedie. L'armée navalle
qui eſtoit ſur les ancres dans
le Port de Beléém devoit eſtre
brûlée, & il y avoit des conjurez dans chaque vaiſſeau qui
devoient y mettre le feu. On
devoit mettre auſſi le feu aux
quatre coins de la Ville, afin
que le peuple, la ſoldateſque, &
la garde du Palais eſtant occupez à l'éteindre, rien ne put
empeſcher l'execution de leur
deſſein, & cependant le bon
Archeveſque devoit paroiſtre
en public portant à la main ce
que les Nazaréens appellent
le ſaint Sacrement, criant à
haute voix, Vive la Loy de
Jesus, & meure celle de
Moyſe.

Le Marquis de Villa Reale,
& le Duc de Camine ſon fils,

parent fort proche du Roy,
ont perdu la teste sur un échaffaut avec le Comte d'Arma-
mar, & D. Augustin Manuel;
& le peuple a vû leur mort
sans aucune compassion, il a
témoigné seulement quelque
regret de la perte du jeune
Duc de Camine, qui passant
devant le corps de son pere
tout sanglant, se jetta à terre pour luy baiser les pieds, &
luy demanda mille fois pardon, quoy-qu'il fust l'autheur
de son infortune. Il y en a eu
d'autres qui ont souffert une
mort plus ignominieuse, & qui
aprés avoir esté pendus dans
la Place, ont esté mis en quatre quartiers, exposez en des
endroits differens pour servir
d'exemple, & faire souvenir

les peuples que de pareils attentats demeurent rarement impunis.

Pour l'Archevesque de Brague & les autres Ecclesiastiques ses complices, ils font gardez avec beaucoup d'exactitude dans des prisons, en attendant des Commissaires du Pontife Romain, sans le consentement duquel on ne peut faire leur procés. Le Roy a porté pendant quatre heures le dueil du Marquis de Villa-Reale & du Duc de Camine son fils, pour observer l'usage des Chrestiens, qui ont accoûtumé de s'habiller de noir à la mort de leurs parens, pour marquer la douleur qu'ils ont de leur perte; & cette ceremonie se nomme dueil

qui dure quelquefois une année entiere. Je t'écrirai les
particularitez de ce qui arri-
vera dans la guerre qui se va
faire entre les Espagnols & les
Portugais , qui voyent déja
sur leurs Frontieres des troupes Castillannes , & je n'oublierai rien de ce qui te pourra marquer mon exactitude &
mon zele : heureux si l'esclave
Mahmut peut servir au goust
de l'invincible Visir , par qui
le grand Empereur des Fideles
fait entendre ses volontez à
tous les peuples de l'Univers
que Dieu a créez pour luy
obeïr.

*A Paris le vingt-cinq de la si-
xiéme Lune de 1642.*

Fin du quatriéme Tome.

www.ingramcontent.com/pod-product-compliance
Lightning Source LLC
Chambersburg PA
CBHW070752030726
47504CB00003B/534